장소의 노래

장소의 노래

최규학 시집

인쇄일 | 2025년 10월 31일
발행일 | 2025년 11월 07일

지은이 | 최규학
펴낸이 | 김영빈
펴낸곳 | 도서출판 시아북(詩芽Book)

출판등록 | 2018년 3월 30일
주소 | 대전광역시 동구 선화로214번길 21(3F)
전화 | (042) 254-9966
팩스 | (042) 221-3545
E-mail | siab9966@daum.net

값 12,000원

ISBN 979-11-94392-54-5(03810)

장소의 노래

최규학 시집

첫 시집 『꽃의 노래』에서는 시 쓰는 것을 요리하는 것으로 두 번째 시집 『인생의 노래』에서는 그리기와 노래하기로 세 번째 시집 『사랑의 노래』에서는 보물찾기로 보았습니다.

이번 네 번째 시집 『장소의 노래』에서는 시 쓰는 것을 장소에서 신의 뜻을 캐어 세공하는 것으로 보았습니다.

땅은 우주의 조각 즉 신의 일부분입니다.

신성이 들어있습니다. 땅만이 장소가 아닙니다.

꽃도 장소요 인생도 장소이며 사랑도 장소입니다.

그러기에 시를 쓴다는 것은, 신성이 깃든 장소에서 신의 뜻을 채굴하여 세공하는 것이라 생각합니다.

〈꽃의 노래〉〈인생의 노래〉〈사랑의 노래〉〈장소의 노래〉의 4부로 엮었습니다.

꽃으로 시를 일으키고[興] 인생으로 시를 세우고[立] 사랑으로 시를 완성하고[成] 장소에서 시를 춤추게 한다[舞]는 뜻입니다.

시도詩道를 전수하여 주신 (전) 오산대학교 홍문표 총장님께 고개 숙여 존경과 감사를 드리고,

깊음과 넓음으로 시를 살리는 평설을 써주신 김명수 시인님께 마음 깊이 감사드립니다.

2025년 10월

인간 낙파 **최규학**

2부
인생의 노래

3부
사랑의 노래

4부

장소의 노래

시 속에서 살펴보는 인생의 보물찾기

— 최규학 시에 나타난 꽃에 대한 사랑과 연정

김명수(시인, 효학박사)

1부
꽃의 노래

능소화

그 여자네 집 담장에 능소화가 피었습니다
그 여자의 얼굴처럼 아름답게 피었습니다
세상 그리워
사랑 그리워
담장 넘어 애타게 바라봅니다
기다림에 지쳐
그리움에 지쳐
능소화는 시들기도 전에 그 여자의 눈물처럼 뚝뚝 떨어집니다
떨어진 능소화는 불꽃이 되어
그 여자의 사랑처럼
활활 타오릅니다

꽃도 탄다

불꽃만 타는 것이 아니라 꽃도 탄다
꽃이 타니 꽃향기가 우주를 두드린다
꽃불은 순간으로 영원을 붙잡는다
깨달은 사람만 타서 사리를 남기는 것이 아니다
꽃도 타서 사리를 남긴다
사람의 사리는 먹을 수 없지만
꽃의 사리는 먹을 수 있다
신은 우주를 창조하면서
최고의 작품을 지구에 숨겨 놓았다
꽃이다
신의 분신은 사람이 아니라
꽃이다

꽃봉오리

저렇게 아름다운 입술이 또 있을까
저렇게 아름다운 다짐이 또 있을까
저 안에 감춰둔 눈부신 보물
누가 열쇠를 열 수 있을까
얼마나 기도해야
저 손이 벌어질까
꽃봉오리는 아기를 잉태한 보자기를
여명의 고운 빛으로 감싸고
세상을 향해 걸어온다
꽃은 피기 전부터 피어있다

꽃으로 오시는 당신

꽃으로 오시는 당신
세상 것이 아닌 모습으로
시처럼 그림처럼
홀연히 오시는 당신

하늘에 만발한 별처럼
허공마다 빛나는 얼굴
원추리 개나리 봉선화 해당화
나팔꽃 과꽃…

하나에서 나와
둘이 되고 셋이 되고
가슴이 되고 영혼이 되고

당신은 누구시길래
없는 곳이 없는 꽃으로 오시어
예쁘고 향기롭게 살라고 하십니까?
꿀을 주며 살라고 하십니까?

꽃의 마술

꽃을 바라보면 꽃이 된다
그 꽃이 된다
사랑초꽃 바라보면
사랑이 되고
아네모네 바라보면
바람이 된다
길모퉁이 지나갈 때
소매를 잡는 장미꽃
한참을 바라보다가
향기가 되어 너에게 간다
슬픔을 가득 안고
들꽃을 바라보다가
한 소쿠리 기쁨이 되어 너에게 간다

꽃 문

나비가 꽃 문을 여는 방법은
함부로 밀지 않고
사랑으로 두드리는 것이다

꽃의 요정이 스스로 꽃 문을 열고
꿀단지를 내어주고 싶게 하는 것이다

꿀단지를 받아 들면
한바탕 기쁨으로 춤을 추는 것이다

부드러운 날갯짓으로
들판에 꽃향기의 물결을 일으키는 것이다

지나가던 햇살도
향기로운 세상에 취하게 하는 것이다

낙엽

하늘에서 내려온 가자미 한 마리가
퍼덕거린다

바람의 차를 운전하며
땅 위를 돌아다니다가
치마로 윙크하는 가자미를 만나

서로 부둥켜안고 엎치락덮치락
사랑을 나눈다

나무에 기대어 천국을 본다

하늘 가자미들이 지느러미를 살랑살랑 휘저으며
땅에서 환생한다

낙엽은 스스로 가자미가 되어
또 다른 삶을 산다

서동모薯童母 연가

궁남지 버들 여인
물속에 빠진 달을 만진다

가느다란 허리
궁남지에 잘람잘람
가만히 뻗은 손
달빛에 더욱 곱다

어디서 들려오는 개개비 노랫소리
구슬퍼라
낭군님 그리워 우는 건가

궁남지 버들 여인 달을 품으면
개개비 울음도 그치리라

못가의 오두막집 등불도
꺼지리라

돌멩이 꽃

꽃만 꽃이 아니라
길 위에 뒹구는 돌멩이도 꽃이다

흙에서 피어난 지구의 꽃이다
오랜 세월 견디고 견뎌서
영원히 지지 않는 꽃이 되었다

발길에 차여도 화내지 않고
멈춰선 그 자리 꽃으로 핀다

미움으로 잡으면 돌멩이가 되지만
사랑으로 잡으면 꽃송이가 된다

꽃밭에 가져다 놓으면 꽃의 연인이 되고
연인의 품에 안기면 사라지지 않는 향기가 된다

동백꽃처럼

동백꽃처럼 지고 싶다
젊은 모습 그대로 늙어서까지
아직도 많은 꿈이 남아있을 때
갑자기 툭 떨어지고 싶다
동백꽃은 젊어서 죽는 것이 아니다
늙어서까지 젊은 모습 지켜낸 것이다
멀쩡한 데 요절했다고
눈물 흘리지 마라
동박새도 직박구리도
동백꽃이 진다고 울지 않는다
죽을 때까지 젊은 모습 간직한 채로
보는 사람 안타까워 한숨지을 때
저승길 가는 모습
얼마나 아름다운가?

목련 꽃눈

고사리손을 뻗어
아지랑이 커튼을 열어젖힌다

억겁의 꿈에서
만 겹의 이불을 젖히고
목련 나무 침대에서 일어난다

햇살 밥 한 숟갈 먹고
이슬 물 한 모금 마시고

목련 꽃눈

스스로 진통을 견디며
하얗게 눈을 뜬다

무릉도원

무릉도원이어서 복숭아꽃이 피는 것이 아니라
복숭아꽃이 피어서 무릉도원이다

홍매화처럼 성스럽지 아니하고
장미꽃처럼 속스럽지도 아니한
복숭아꽃의 은은한 붉음이
무릉도원을 만든다

저 꽃 붉을 때
마음도 붉어
사람과 사람 사이
개와 닭 사이
어린아이들처럼 어우러진다

저 꽃 붉을 때
얼굴도 붉어
사람도 꽃이 되어 핀다
짐승도 꽃이 되어 핀다

복숭아꽃 붉을 때
마을은 무릉도원이 된다

밤나무

밤나무에 꿀단지가 늘어졌다
엄마 젖처럼 퉁퉁 불었다

꿀벌이 꿀을 퍼가지 않아서
꿀단지가 부푼 풍선이다

온 산에 밤꿀 향기 가득한데
꿀벌들의 프로펠러는 돌지 않는다

밤나무는 꿀벌을 부르기 위해
무거운 꿀단지를 들고
SOS를 보낸다

밤나무가 발을 동동 구른다

벚꽃 눈물

단 웃음인 줄 알았는데
삼켜보니
쓴 눈물이다

하늘 가득
기쁨이 넘치기에
달고 뜨거운 웃음꽃인 줄 알았는데
먹어보니 쓰고 차가운 눈물 꽃이다

피느라고 고생했으나
피자마자 지는
지자마자 짓밟히는

벚꽃을 눈으로 먹고
가슴으로 맛보지 않은 사람

어찌 숨겨진 아픔을 알랴
쓰디쓴 사랑 맛을 알랴

벚꽃 길

화개천 넘실넘실
십 리 벚꽃 길
호리병 깊이깊이
가득 채웠네

외로운 구름
산을 못 넘고
떨어지는 꽃잎
강을 못 넘는데

봄비에 몸 젖고
꽃비에 마음 젖은 사람
비틀거리며
벚꽃 길 가네

벚꽃에

눈꽃처럼 피었다가
빗물처럼 떨어지는
벚꽃에

시리게 예뻐서
적시게 아픈
벚꽃에

한꺼번에 확 피었다가
한꺼번에 팍 떨어지는
벚꽃에

너와 나의 사랑도
이러한 거니
묻고 싶구나
벚꽃에

벚꽃을 바라보며

저 나무 속에는 얼마나 많은
두레박이 들어있길래
저리 많은 꽃물을 길어 올릴 수
있었을까?

저렇게 왕성한 봄기운을 들어 올릴 수
있었을까?

어머니 가슴 속에는 얼마나 많은
두레박이 들어있길래
그리 많은 눈물을 길어 올릴 수
있었을까?

그렇게 넘치는 자식 사랑을 들어 올릴 수
있었을까?

아파트 숲

현대와 한빛 사이
소나무 몇 그루 벚나무 하나
벽을 이루려는 건지
벽을 이기려는 건지
벚나무는 몸을 불리고
소나무는 키를 키운다
걱정이다
저렇게 크다가는 잘릴 텐데
나무야 너무 크지 마라
네가 지금 어디에 있는지
잊지 마라

장미에게

네가 아무리 아름다워도
모든 나비가 너에게 오는 것은 아니다
너의 가시가 아무리 날카로워도
너를 꺾는 손을 다 막을 수는 없다
울타리에 늘어져 수만 꽃송이 피워내도
창문 연 여인보다 눈길을 끄는 것은 아니다
아무리 빨갛게 입술을 칠해도
이가 하얀 여인보다 매력적인 것은 아니다
너는 그저 하나의 꽃일 뿐이다
가시를 너무 키우지 마라
가시나무가 된다

큰 금계국

큰 금계국은 뻐꾸기 알이다
코스모스 피던 자리
슬며시 들어와
자기 둥지로 만든다
하얀 개망초 피던 자리
빨간 개양귀비 피던 자리
노랗게 노랗게 물들인다
노란 꽃 시대가 왔다고 소리친다
그러나
세상의 약한 꽃들이 다시 깨어나는 날
너는 알게 될 것이다
세상은 힘으로만 지배할 수 없다는 것을
먹구름이 아무리 강해도
눈물을 흘리고 사라진다는 것을

풀의 생존 비밀

헌 풀이 가야 새 풀이 온다

풀밭이 항상 무성한 것은
제 몸이 죽어 거름이 되기 때문이다

풀은 죽어도 죽지 않는다
갔다가 다시 온다

풀 한 포기 죽으면 풀 열 포기가 산다

풀은 즐겁게 죽고 즐겁게 태어난다
늘 그 자리를 지킨다

2부
인생의 노래

거듭나기

거듭나는 것은 해골바가지의 물을 마시고 다시 깨어나는 것이다
악마도 해골바가지의 물을 마시면 천사가 된다

태양이라는 늙은이도 해골바가지의 물을 마시고 서산을 넘어야
동산에서 응애~하고 다시 태어날 수 있다

나무는 해골바가지로 목욕해야 거듭나고
풀은 제 몸을 해골바가지에 썩혀야 거듭난다

아버지와 어머니도 해골바가지의 물을 함께 마시고
나를 낳으셨다

못난 바위는 해골바가지의 물을 얼마나 마셔야
보석이 되는가

이 우주는 얼마나 많은 해골바가지를 만들고서야
사람을 만들 수 있었을까

나는 해골바가지의 물을 얼마나 마셔야 우주가 될 수 있을까

겨울 칸타타

겨울이 춥다고 겨울을 탓하지 마라
겨울이 춥지 않으면 어찌 봄의 따뜻함을 알랴
봄이 꽃피움을 자랑하고
여름이 무성함을 자랑하고
가을이 붉게 물들인 단풍을 자랑할지라도
어찌 겨울의 조화를 당할 수 있으랴
해가 바뀌는 계절은 오직 겨울 뿐이다
겨울에는 한 해의 마지막인 12월이 있고
새해의 시작인 1월이 있고
봄을 빨리 맞으라고 하루를 줄인 2월이 있다
겨울에는 헛된 욕망은 다 죽고 순전한 새 희망만 산다
차가움의 위대한 힘으로 모든 뜨거운 것들을 식히고
잘못을 저지른 온갖 추악한 것들을
백설의 춤으로 정화하고
투명한 얼음 거울에 자신을 비춰 보게 한다
겨울은 차가운 용광로이다
자연의 자궁이다
백의의 천사이다
차가운 숨결로 염증을 치료하고
백설의 붕대로 상처를 감싸고

수정의 얼음으로 깁스하여
모든 아픔을 낫게 한다
그러므로 인생의 겨울이 왔다고 운명을 탓하지 마라
오직 겨울만이 운명을 바꿀 수 있다

나는 잡벌이다

나는 잡벌이다
말벌도 아니고 꿀벌도 아니고
오빠시도 아닌
이름 없는 잡벌이다

장미꽃 아카시아꽃 밤꽃에는
얼씬도 못 하고
이름 없는 들꽃을 찾아 헤맨다

하늘의 지배자 말벌을 피하고
꿀벌 군대의 눈치를 살피고
사나운 오빠시에서 떨어져
매정한 바람에까지 밀린 다음

이곳저곳 헤매다가
잘 난 것도 없고
잘 난 체도 않는
돌멩이 하나 울타리 삼아 피어난
들꽃의 품에 안긴다

그래도 나는
행복한 광야의 순례자
잡벌이다

나를 부르는 소리

나를 부르는 소리에 귀 기울여 보았는가
사람이 부르는 소리가 익숙할 때가 있다

엄마가 부르는 소리, 친구가 부르는 소리,
동료가 부르는 소리, 사랑하는 사람이 부르는 소리…

사람이 부르는 소리만 들었는가
사람이 아닌 것이 부르는 소리도 들어보라

개 짖는 소리, 새 울음소리, 바람 소리,
나뭇잎 퍼덕이는 소리…

소리로 부르는 소리만 들었는가
소리가 아닌 것으로 부르는 소리도 들어보라

나무가 부르는 소리, 꽃이 부르는 소리,
돌멩이가 부르는 소리, 책이 부르는 소리,
달빛이 부르는 소리…

밖에서 부르는 소리만 들었는가
안에서 부르는 소리도 들어보라

나 자신이 나를 부르는 소리가
메아리 되어 울리지 않는가
신이 부르는 소리가
빛의 파도가 되어 출렁이지 않는가

걸어가는 사람

무엇이 된 사람보다
무엇이 되려는 사람이 아름답다

꽃이 피면 이미 꽃이 아니다
나씨의 밥그릇이 되고
바씨의 노리개가 된다

꽃봉오리에 응축된
적막과 갈망과 결기가 사라지면
얼마나 허전한가

이루어진 사랑보다
기다리는 사랑이

도달하여 의자에 앉아 있는 사람보다
향하여 걸어가는 사람이
더 아름답다

두 아버지의 죽음

내 아버지는 오십 년 전에 돌아갸셨고
친구의 아버지는 오십 년 후에 돌아가셨다
두 아버지의 죽음에는 어떤 차이가 있을까?

지나간 세월은 차이가 없다
지금 이 순간 살아 있는 것 외에
다른 것은 아무 의미가 없다
바람의 지나감과 같다

친구의 아버지가 살아계실 때는
돌아가신 내 아버지와 차이가 있었지만
이제는 똑같다

모든 존재는 죽음 앞에 평등하다
과거는 현재의 바다에서 헤엄치는 물고기이다

춤

깨달으면 춤을 추고
춤을 추면 보이나니
나의 도道는 춤에 가깝다

공空이 춤을 추면 색色이 되고
색色이 춤을 추면 공空이 된다

삶과 죽음이 모두 춤이니
희로애락
어느 것이든 즐겁지 아니하랴

노래는 소리의 춤이요
미소는 눈빛의 춤이다
사랑은 마음의 춤이니
춤사위가 별까지 닿으리라

살아있는 것은 사랑하기 위해 춤을 추고
죽어있는 것은 살아나기 위해 춤을 춘다

번뇌의 바다에서 표류하는 사람아!
바람을 때려잡는 바다를 보아라
춤의 도道가 거기 있느니라

떠나가는 것

홍시가 떨어진다고
억새야 울지마라

푸른 빛이 사라진다고
방아깨비야 울지마라

새가 날아간다고
꽃사슴아 울지마라

여기서 떠나가는 것은 저기서
태어나는 것이다

떠나가는 것들은
민들레 홀씨처럼 비행을 한다

바람의 손짓으로
다시 태어날 자리를 잡는다

매달려 있는 것들

누가 묶어 놓으셨을까

저 매달려 있는 것들
나무와 나뭇잎 사이의 실한 끈

지구가 날아가고 별이 쏟아지는
시간의 바람이 불어닥쳐도
생명의 끈에 묶인 나뭇잎은 매달려서
떨어지지 않는다

나와 나의 나뭇잎
주렁주렁 매달려 있는 가족, 친구, 사랑…
매달려서 재깍재깍 소리를 내는 삶

태양의 나뭇잎처럼 매달려 있는
수금지화목토천해명

물고기의 죽음

소용돌이에 휘말린
물고기가
강변에 쓸려 나와
어부의 식탁에 올랐다
입은 꾹 다물었고
눈은 크게 떴다

뱀과 모자

뱀이 너무 길어 징그럽다고
욕하지 말자
내 욕심은 끝이 없고
내 마음은 더 징그럽다

뱀에게 물렸다고
화내지 말자
나는 더 많은 사람을 물었다

뱀에게 물릴까 봐
겁내지 말자
뱀은 입이 더러워질까
나를 물지 않을 것이다

뱀이 땅을 긴다고
무시하지 말자
나는 허물을 입지만
뱀은 허물을 벗는다

뱀은 학사모를 쓰고 태어났다

불면의 밤

커피를 마시고 잠 못 이루는 불면의 밤은
불멸의 밤이다
사나운 짐승들을 한 방에 날리고
위대한 전사가 되어 악을 처단한다
높은 산도 달려서 올라가고
벼랑바위가 의자가 된다
어릴 적부터 좋아했던 여인들을 만나
맘껏 사랑을 나누기도 하고
이름 모를 나라의 왕이 되기도 한다
가난한 사람을 구제하는 부자가 되기도 하고
멋진 시어를 찾아
불후의 명작을 쓰는 시인도 된다
지하 세계에 가서 돌아가신 부모님을 만나
어리광을 부리고
고향 뒷산을 나는 황새가 되기도 한다
불면의 밤을 보내고 눈을 뜨면
세상이 빨갛다

비빔밥

함께여서 좋다

뜨거운 내가 차가운 너를
끌어안고
붉은 고추장 푸른 시금치
그 색깔 그대로

다르다고 밀어내지 않고
잘났다고 으스대지 않고

명찰 떼어 버리고
부둥켜안고

한 몸 되어
맛있어서
영양 많아

좋다

속상한 일

속상한 일 있거들랑
보자기에 꼭꼭 싸서
장롱 속에 넣으시게

옆에 두기 어려우면
기러기 등에 태워
멀리멀리 보내시게

불볕이 멀어지면
뜨거움도 덜할 테니

파도가 잦아들면
다시 갈 수 있을 테니

열쇠

자물쇠는 열쇠를 거역할 수 없다
딱 맞는 열쇠여야 한다
아무리 단단한 무쇠 자물쇠도
맞는 열쇠를 꽂으면 두 손을 번쩍 든다
아무리 정교한 도어록도
맞는 비밀번호를 누르면 스르륵 허리띠를 푼다
아무리 복잡한 디지털 키가 장착된 자동차도
맞는 열쇠가 다가가면 스스로 가슴을 연다
바라는 세계의 문을 열고자 하면
맞는 열쇠가 있어야 한다
스스로 그 세계의 열쇠가 되어야 한다

여는 것에 대하여

귀를 열어라

사람들은 왜
이름이 귀耳인 사람의 경經을 읽고
귀가 늘어진 사람에게 절을 할까?

마음을 열어라

사람들은 왜
친구를 위하여 목숨을 내놓으라는 사람에게
목숨을 바치고
모른다는 것을 인정하라는 사람을
인정할까?

오늘 밤 목숨을 내놓고 울던 수매미가
드디어 암매미의 마음 문을 열었다
매애앰~

세상의 지극한 정성만이
세상의 문을 열 수 있다는 그 사람이
보고 싶다

용서

물에 빠져 정신없는 사람을
무자비하게 뜯어먹는 피라냐
용서할 수 있을까?

땅에 추락해 신음하는 사람을
황홀하게 뜯어먹는 개미
용서할 수 있을까?

70번씩 7번쯤 용서해야 하나

봄에 막 돋아난 아기 냉이를
번득이는 식칼로 싹둑 잘라
국 끓여 먹는 사람
더러운 트림
용서할 수 있을까?

입술 도톰한 예쁜 붕어를
구부러진 낚싯바늘로 낚아채서
장작불에 구워 먹는 사람

행복한 표정
용서할 수 있을까?

490번쯤 용서해야 하나

엿보는 묘미

당신을 엿보는 묘미가
묘미 중의 묘미입니다

파도에 숨어있는 당신의 미소
춤추는 나뭇잎에 숨어있는 당신의 숨결
식은 가슴을 데워주는 당신의 속삭임

당신은 우주에 가득한 파동임을 엿봅니다

꽃에서 엿보는 당신의 체취
별에서 엿보는 당신의 눈빛
꿈에서 엿보는 당신의 속살

당신은 우주에 가득한 사랑임을 엿봅니다

바라보는 모든 것이 당신입니다
당신이 거기에 계시기 때문입니다

이름

세상에 이름 없는 존재도 많은데
내게 이름이 있다는 것
그 얼마나 자랑스러운가
나의 부모님께서는
내 이름을 부르면서
얼마나 행복해 하셨을까
나의 친구들은
내 이름을 부르면서
얼마나 다정했을까
살아가면서
잊히는 이름도 있고
더 많이 불리는 이름도 있다
더러운 이름으로 유명해지는 것보다
깨끗한 이름으로 잊히는 것이 좋다
부르기 어려운 이름이 되는 것보다
편히 부을 수 있는 이름이 되는 것이 좋다
죽어서 많은 사람이 부르는 이름보다
살아서 한 사람에게 애절한 이름이면 좋겠다

인생의 시

인생은 나뭇잎 한 장

연둣빛으로 태어나
푸른빛으로 성장하고
붉은빛으로 죽는다

일어나거라

달리다 쿵!* 넘어지면
어디선가 들려오는 목소리
"어서 일어나거라"

산다는 것은 넘어졌다 다시
일어나는 것
바람이 불면
누었다 일어나는 풀처럼
다시 일어나는 것

인생길을 가다 보면
돌부리에 걸려 넘어지고 헛디뎌 넘어지고
누가 자빠뜨려 넘어지고
지치고 아파서 넘어진다

일어나기 힘들 때
어디선가 들려오는 목소리
"어서 일어나거라"

* 달리다 굼(Talitha cumi) : 소녀여 일어나라(마가 5:41), 예수가 죽은 12세
  소녀를 살리실 때 하신 말

적절함에 대하여

나무가 무작정 크는 것이 아니다
번개 칼에 베이지 않을 정도로 큰다

풀이 무조건 작은 것이 아니다
뱀이 몸을 숨길 정도로 작다

산이 무한 정 높은 것이 아니다
구름이 앉을 정도로 높다

호수가 무턱대고 깊은 것이 아니다
물고기가 숨을 고를 정도로 깊다

사랑도 적절해야 한다
서로를 죽이는 사랑은 사랑이 아니다

부족함의 즐거움

남보다 한 됫박[→꿰] 못난 것은 남보다
한 말[→퀘] 큰 즐거움이다
눈길에서 밝음과 높음을 본다

욕망의 구름이 피어오를 때
바람도 없고 빛도 없으면

나는 눈물을 흘리지만
신은 진주를 던지신다

신께서 모든 것을 주신 것보다
더 큰 저주는 없다
마음 그릇에 갈증의 물이 가득 찬다

신께서 조금 부족하게 주신 것보다
더 큰 축복은 없다
마음 그릇에 생명의 물이 차오른다

그것은
외로움을 채우는 사랑의 즐거움이다

친구들을 만나며

행운 중에 최고의 행운은
지금, 이 순간 살아 있다는 것입니다

축복 중에 제일 큰 축복은
오늘 이렇게 마주할 친구가 있다는 것입니다

꽃보다 아름다운 친구들의 얼굴을 보니
인생에서 가장 순수했던 시절
혼나서 울어도 아름답고
화나서 찡그려도 아름답던
멋 안 내도 예쁘던 어릴 적 그 모습이
그대로 살아 있습니다

별이 된 친구들에게
천국의 정원에서 행복하기를 빌고
누워서 별을 바라보는 친구들에게
다시 마주할 수 있는 날이 오기를 소망해 봅니다

언젠가 우리 모두 하늘나라에 가게 되면
같은 학교 같은 반 친구가 되어

그리운 선생님 모시고
왁자지껄 떠들며 놀고 싶습니다

나이테를 얼마나 더 그려야
그날이 올까요
초등학교 운동장에서
굴렁쇠를 굴리던 마음으로
쓰러지거나 삐뚤어지지 않게
예쁜 나이테를
많이 많이 그려야 할 것입니다

부음

멍하니 빈 하늘을 바라보았습니다
친구의 영혼이 지나가는 것이 보이면
손을 흔들어 주려고 골똘히 바라보았습니다

어디선가.
가랑잎 하나 내 앞에 오더니
바람 따라 춤을 추었습니다
짧은 순간이 지나자
쌓여있는 낙엽 위로 내려앉았습니다

친구님이 내게 오신 것인가?

친구여!
앳된 소녀였던 친구여!
무엇이 그리 급해 시들기도 전에 떨어지십니까?

꽃이 되어 돌아오소서
별이 되어 돌아오소서

불타는 꽃을 보면 친구인 줄 알겠나이다
빛나는 별을 보면 친구인 줄 알겠나이다

큰 새와 작은 새

큰 새가 작은 새 되고
작은 새가 큰 새 될 때가 있다
먹이를 주었더니
작은 새는 동료를 데려와서 함께 먹는데
큰 새는 혼자 먹는다
누가 큰 새인가
새 종류는 비밀이다
언제든 바뀔 수 있다

하루살이의 비상

하루살이가 비상했다고 하여
모두 뜻을 이루는 것은 아니다

모두 진짜 불빛에 몸을 던져
빛이 되는 것은 아니다

가짜 불빛을 만나
헛된 죽음을 하거나
진짜 불빛을 보고서도
주위만 맴돌며
빛을 가리다 죽을 뿐
제 몸을 불사르지 못한다

진짜 불빛을 만나 제 몸을
불 속에 밀어 넣을 수 있는
하루살이만이
하늘에서 별이 탄생하듯
생명의 번갯불을 일으킨다

제 몸을 빛으로 바꾸어 우주를 밝힌다

장소의 노래

최규학 시집

3부
사랑의 노래

기다림에 대하여

기다리는 것은
거울에 마주하는 거울
마음에 마주하는 마음이 되어
끝없이
바라보는 것이다

바라는 장면을
무한히 복제하는 것이다

다음 주 화요일은
기다리지 않아도
오지만

그 여자의 편지는
기다리지 않으면
오지 않는다

기다리지 않는 사람에게는
별빛도 달빛도
오지 않는다

가을 칸타타

가을에는 가을을 닮은 사람을 만나고 싶다
낙엽을 보고 눈물을 흘릴 줄 아는 사람과 친하고 싶다
잎이 떨어진 늙은 홍시의 영화가 얼마나 쓸쓸한지를 아는 사람과
커피를 마시고 싶다

가을에는 철새를 닮은 사람과 친하고 싶다
철새처럼 어디론가 떠나는 사람을 따라가고 싶다
산모퉁이를 돌아가는 기차의 창가에 앉아
함께 차창 너머로 사라지는 풍경을 바라보고 싶다

가을에는 시를 읽는 사람과 함께하고 싶다
가을에는 과일이 익지만 잎이 떨어진다
하늘은 높아지지만 물은 얕아진다
그래서 가을은 영화롭지만 쓸쓸한 계절이다
시를 읽으며 마음을 비울 줄 아는 사람을 만나고 싶다

가을에는 나 자신이 가을이 되고 싶다
옷을 벗고 찬바람을 기다리는 가을 나무 같은 사람이 되고 싶다
가을 나무는 가장 아름다울 때 옷을 벗는다

모든 것을 내려놓고 불타는 외로움에 허우적대며 가을 속
으로 걸어가고 싶다

눈송이

너는 하늘에 있어야 꽃이다
땅에 떨어지는 순간
더 이상 꽃이 아니다

눈물이다

너는 여기에 있어야 사랑이다
저기로 가는 순간
더 이상 사랑이 아니다

눈물이다

눈에게 반성문을 쓰다

글씨가 보이면 사랑이 보인다
눈을 아끼지 않는 것은
사랑을 아끼지 않는 것이다
원시 난시 안구건조증 백내장이 찾아오면
눈의 사랑을 얻기 힘들다
인공 눈물을 넣고 안경을 쓰더라도
도망가는 사랑을 붙잡기 어렵다
어떤 이는 수술을 권하고
어떤 이는 기다리라고 할 때
눈에게 먼저 반성문을 써야한다
"기계의 푸른 빛을 멀리하고
 나무의 푸른 빛을 가까이하겠다."고
다짐해야 한다

동생의 죽음

너는 178cm, 25년, 8개월, 4일이다
키가 크고 영혼이 자유로운 너는
25년간 파푸아 뉴기니(PNG)에서 무소의 뿔처럼 살다가
고향에 돌아와
8개월을 지내며 물망초 꽃 한 송이 피워놓고 다시 PNG에
가서 4일 만에 나비가 되었다

그냥 꿈꾸는 애벌레였으면 좋겠다

부모님께서 심어놓은 나무 두 그루, 꽃 세 송이
용띠인 너는 용이 되려는 꿈을 꾸다가 이카로스의 날개처럼
녹아 버렸다
남은 꽃들은 향기를 잃고 나무는 의지를 잃었다

새가 되어 날아올까, 달이 되어 찾아올까,

개도 늑대처럼 운다는 파푸아 뉴기니
파도의 한 팔이 고향의 산 만하다는 파푸아 뉴기니

내 마음도 늑대처럼 운다
내 그리움도 산처럼 선다

2024. 7. 1.

* 최규만(음 1964. 6. 15. - 양 2024. 6. 28.) : 특전사, 안기부 근무, 역량 강화 전
문가, 스쿠버다이빙 전문 강사, 독신으로 살다가 향년 60세에 파푸아
뉴기니에서 사망. 7월 1일 화장실 변기에 앉아 죽은 채로 발견되어 최
강(최규학의 큰아들, 한의사), 조후연(외사촌 동생, 경찰)이 현지에 가서 소속
회사 도움으로 부검, 화장 등 장례 절차를 거쳐 7월 20일(환갑날) 공주
나래원에 안장

동생의 1주기에

네가 돌아올 수 없는 강을 건너갈 때
강가에서 흘렸던 이별 눈물
아직 다 마르지 않았는데
새벽닭이 벌써
삼백예순다섯 번을 울어서
네가 떠난 날이 돌아왔구나
슬퍼야 할지 기뻐야 할지
알 수 없는 오늘
하얀 꽃구름 한 송이 들고
너에게 안부를 묻는다
하늘나라에서는 살 만한 것이냐?
거기에서는
정말 아무 걱정 없이 행복한 것이냐?
아버지 어머니는 만나 뵌 것이냐?
거기서는 어머니의 소쩍새 기침 소리
울리지 않겠지
큰절 올리고
네가 파푸아 뉴기니의 영웅이었다는 이야기도
들려드렸겠지
자식들 안부 물으시면

아직 세상살이에 시달리고는 있지만
가끔은 웃는 일도 있다고 전해 다오
오늘 널 위해 드리는 기도와 찬송 들으며
영원한 복락 누리길 빈다
여기서는 육십 평생 홀로 살았으니
거기서는 둘로 살았으면 좋겠다
장미가 울고 수국이 웃는 계절에
세상에서 하지 못했던 그 말 한마디 끝인사로 전한다
"사랑한다!
나의 동생 규만아!! "

2025.6.28. 공주 나래원

동심원 놀이

저녁노을 시골 강에 물고기들이 동심원 놀이를 한다
물 위에 크고 작은 동심원들이 그려진다
큰 물고기는 큰 동심원 작은 물고기는 작은 동심원을 그린다
강가에 구경나온 미루나무들이 나뭇잎 박수를 친다
내 마음의 호수에도 동심원이 그려진다
내 마음에 사는 예쁜 물고기 한 마리가 동심원 놀이를 한다
동심원이 하트 모양이다

뭉치

월월~
뭉치

사랑을 독차지하다
장군이만 보면
월월~

당뇨가 심하여
아침마다 귀에 인슐린 주사

갈수록 더 먹어도
뱃살은 홀쭉

날씬해진
뭉치 안으며

딸내미 마음은
천근만근

딸내미 결혼에

네 이름을 집 가家 등불 등燈이라 하였더니
집안의 등불이 되는구나!
스스로 빛을 발하는구나!

마음에 그린 성원이를 만나서
하늘을 나는
한 쌍의 기러기 되니
꽃들도 기뻐서 향기를 던지고
새들도 좋아서 날개 박수를 치는구나

"딸내미 시집가는데 양복 한 벌
 해드려야지요!"

네가 맞춰준 양복 주머니 속에 가득한
너의 존재 값
꽃이다

천사의 기도를 한 조각 사서
혼수로 보낸다

네 앞길에 사랑의 징검다리가
놓일 것이다
슬픔이 와도 기쁨으로 바뀔 것이다
운명의 사나운 가시도 너를 할퀴지 못할 것이다

어두운 밤이 와도 가등♡성원을 수놓은
사랑의 등불이 네 앞을 밝힐 것이다

그 등불에 새겨진 빨간 불도장
"일편단심一片丹心"
영원히 지워지지 않을 것이다.

사랑한다! 집안의 등불! 가등家燈아!
잘 살아라!

2025. 5. 3. (토). 12:00, 대전 라도무스 예식장

미소

미소로 세상을 바라보면
세상도 미소를 짓는다
나무도 손뼉을 치며 웃어주고
강도 큰 입을 벌리고 웃고
모래밭도 하얀 이를 드러내며 웃는다
산도 어깨를 들썩이며 웃고
해도 싱글벙글하다
아프고 힘들어서 찡그린 사람들을
미소로 바라보고 싶다
괴로움 털어내고 웃을 때까지
미소로 바라보고 싶다

바다에 내리는 눈

바다에 내리는 눈은
달콤한 솜사탕이다
바다의 혀에 닿자마자 사르르 녹는다
망망한 바다는 가득한 눈을 좋아하고
자유로운 눈은 허허한 바다를 좋아한다
바다는 고래처럼 입을 벌리고
혀를 날름거리며
눈을 받아먹고
눈은
물고기처럼 바닷속으로 헤엄쳐 들어간다
너와 나의 사랑도 저와 같아서
나에게 눈처럼 내리는 너의 사랑은
내 가슴에 닿자마자 솜사탕처럼 녹아
스며들고
너에게 가는 나의 사랑은
바다에 내리는 눈처럼 한없이 스며드는구나
너와 나의 이런 사랑은 앞으로 얼마나 더
바다에 내리는 눈처럼
서로의 가슴에 스며들겠느냐

버드나무 사랑

가늘다
몸도 가늘고 팔도 가늘고
머리칼도 가늘다

바람이 조금만 불어도
찰랑찰랑

바람이 없어도
흔들리는 것은
사랑의 숨결 때문이다

뱃사공
노 젓다 말고

머리칼을 바라본다

비교 불가한 사랑

어떤 사랑도 비교 불가하다
백 사람의 사랑은 각각 유일한 하나이다
나이 어린 사람의 사랑보다
나이 많은 사람의 사랑이 더 큰 것이 아니다
학자의 사랑보다
시인의 사랑이 더 아름다운 것이 아니다
농부의 사랑보다
군인의 사랑이 더 용맹한 것이 아니다
그 누구의 사랑도 활활 타는 태양이다
사랑은 어떤 모양에도 제 몸을 맞추는 물이다
나이나 학식이나 재산이나 지위는 같지 않지만
사랑의 무게는 똑같다
사랑은 같지 않은 것을 같게 한다

사랑에 대하여

진정한 사랑은 한 사람을 사랑하기 위해
백 사람의 사랑을 물리치는 것이다
장미에 입 맞추기 위해 가시에 찔리는 것을
즐거워하는 것이다
꽃을 피우기 위해 계속하여 물을 주는 것이다
꽃이 시들더라도 계속하여 돌보는 것이다
새로운 태양이 뜨기 위해서는
밤이 필요하듯이
사랑의 밤을 견뎌야 한다
잠시 멀어졌다고 끝나는 사랑은 사랑이 아니다
장마가 휴식하면서 지속되듯이
사랑도 나무와 나무 사이의 공간이 필요하다
사람은 사랑하기 위해 태어나고
사랑하기 위해 살아 간다
사랑 없는 삶은 인간의 삶이 아니다

손 글씨

잊히지 않는 손 글씨가 있다

비석에 새긴 글자처럼
뭉툭한 연필로
퇴색된 마분지 밑창이 뚫리도록
눌러쓴 손 글씨
북두칠성처럼 삐뚤빼뚤한 손 글씨

"…돌아댕길때 배골치말고 뜨끈한 궁말이 항그릇 사먹고
댕기거라…"

맞춤법 틀린 글자가 쇠스랑처럼 내 가슴을 찍었다

요즘도 여행길에 자꾸 국밥을 시킨다
어머니의 손 글씨가 어른거린다

찔레꽃 아픈 향기가 그믐처럼 서럽다

셋째 아들 결혼에

네 이름을 스스로 자自 능할 능能이라 하였더니
스스로 자라서
스스로 꽃을 피우는구나
예쁜 도영이를 만나서
하늘을 나는
한 쌍의 원앙새 되니
별들도 기뻐서
청사초롱 높이 들고
구름도 부케를 던지는구나
네가 맞춰준 양복 주머니에 가득한
너의 존재 값
하늘이다
나는 가진 것은 적지만
마음만은 지극히 풍요하니
그 마음을 몽땅 주고
이 우주의 대운을 한 조각 사서 너에게 혼수로 보낸다
네 가는 길에 행운의 징검다리가
놓일 것이다
바람 불어도 넘어지지 않을 것이다

독한 병균도 너를 피해 갈 것이다

시련이 닥쳐도 도영♡자능을 수놓은

사랑의 보자기가 너를 감쌀 것이다

그 보자기에 빨갛게 찍힌 불도장

"백년해로百年偕老"

영원히 지워지지 않을 것이다.

2024. 10. 5. 11:00 천안 웨딩 베리 컨벤션

어머니의 기침 소리

어머니는 밤마다
내 심장에 못을 박았다
콜록콜록 콜록콜록

소쩍새 보다 슬픈 소리로
못을 박았다

겨울 억새가
어찌 그리 우람한 소리로 장엄한 노래를
부를 수 있었을까?

어릴 때는 어머니의 기침 소리에 잠을 설쳤지만
커서는 어머니의 기침 소리 없이 잠들 수 없었다

기쁨과 두려움을 새끼꼬던 기침 소리
홍역을 앓을 때 바람들어서 그렇다고
아무 일도 아니라던 어머니

심장이 붓고
폐가 찢어져
생을 마감하시던 날

기침 소리가 없어
놀란 새끼 토끼 되어 뛰어갔더니
엄마 토끼는 쉰넷 생애 처음으로
웃고 계셨다

가쁜 숨 사라지니
꽃으로 피셨다

꼬까옷 갈아입으시고
소풍 가듯 떠나셨다

기침 소리가 들리면
지금도
가슴이 뻐근하다

장군이 1

멍멍
장군이

먹는 것
짖는 것
다정함
불변

눈동자 공막 없어도
애원은 최고

망막이 찢어져 부산
간에 물혹이 커서 세종

간암 수술에
항암주사

딸내미
주머니 비어도

오래만 살아라
딸내미 마음

장군이 2

숨만 쉬는 장군이

때마다 밥 달라고
조르더니

일어서지도 못하고
먹지도 못하고
숨만 쉬는구나

복수를 빼도 산만한 배
숨도 가쁘구나
주사기로 먹여주는 눈물 한 모금

눈 감고
무슨 생각할까

즐겁게 뛰어놀던 바닷가
너무 맛있어 꿀꺽 삼키던 간식
배 깔고 재롱떨던 순간들

모든 것이 바람처럼 지나갔다

13년 너의 삶이
하루살이나 다를 게 없구나

이제 영원한 저녁이
너를 기다리는구나

목숨보다 아픈 정
나는 당분간
별을 보지 못할 것 같다

어머니의 앞치마

고향 집 앞마당의 바지랑대와 빨랫줄은
눈을 떠야 잘 보이지만
빨랫줄에서 울고 있는 어머니의 낡은 앞치마는
눈을 감아야 잘 보인다

코 묻고 침 묻고
음식 냄새 묻고
눈물에 찌든 얼룩

다른 빨래들은
하얀 백합화로 만발하는데
어머니의 낡은 앞치마는
시든 천사의나팔꽃
늙은 쇠가죽

잠자리도 앉지 않는다

어머니의 낡은 앞치마에서 주룩주룩 떨어지는 눈물이
감은 눈을 적신다

우산과 비

너는 적시려고 하고
나는 막으려고 한다

나는 너를 막지만
싫어하는 것은 아니다

네가 없다면 나도 없다

너를 막는 것이 아니라
너에게 젖는 것이다

참 좋은 고통

참 좋은 고통이 있다
목이 초코파이처럼 찢어지는 그리움
그리움을 연필로 그리고
너의 이름을 쓰고 또 쓴다

첫 키스의 추억

그것은 두 개의 풍선이
하얀 달밤에
벌겋게 부딪히는 일이었다

서로 부비다가
풍선에 구멍이 나서
상대방 속으로
사정없이 불어가는 일이었다

껍데기를 버리고
텅 빈 하늘로
솔개처럼 솟구치는 일이었다

구름이 되었다가
빗방울이 되어
물고기처럼 뛰노는 일이었다

없는 것과 있는 것
있는 것과 없는 것이
깜빡이처럼 반복되는 일이었다

황진이에게

당신의 생과 사는 아무 잘못이 없습니다
당신의 사랑도 아무 잘못이 없습니다
이웃 총각이 당신을 연모하여
상사병으로 죽은 것도
청산리 벽계수를 말에서 떨어뜨린 것도
사랑을 위해 동짓달 기나긴 밤 한 허리를 베어낸 것도
잘못이 아닙니다
지족선사에게 뜨거운 살맛을 느끼게 하고
삼십 년 공부를 하룻밤 불꽃놀이가 되게 하였어도
부처님께서는 자비의 미소를 바꾸지 않았습니다
당신의 사랑을 막아낸 서화담을 박연폭포와 더불어
푸른 도자기에 아로새긴 것도 우아한 일입니다
당신은 서화담 박연폭포와 더불어
사랑에 초연할 수 있는 존재니까요
사랑 넘어 사랑을 꿈꾼 큰 존재니까요
청초 우거진 골에 백골이 되어서도
백호 임제의 술잔을 받고
백호를 파직시킨 것도 잘못이 아닙니다
당신의 사랑을 얻지 못하여 죽은 것도
당신의 사랑에 굴복한 것도

당신이 사랑을 못 이룬 것도
모두 잘못이 아닙니다
당신이 예쁘게 태어난 것도
당신의 기예가 빼어난 것도
당신이 노리개가 된 것도
모두 잘못이 아닙니다
당신은 그저 사랑일 뿐이었습니다
나뭇가지를 흔들고 지나가는 바람일 뿐이었습니다

최고의 요리사

신은 최고의 요리사이다
풀잎과 풀씨와 풀벌레로 최고의 밥상을 차린다

달빛으로 씻고
태양의 인덕션에 굽고
바람길 냉장고에 보관하고
새의 눈물로 간을 한다

신은 세상의 모든 어머니에게 비법을 전수한다
그래서 어머니는 신의 손맛을 갖는다

요리사의 요리는 혀를 자극하지만
어머니의 요리는 마음을 울린다

어머니가 최고의 요리사인 이유는
사랑을 조미료로 쓰기 때문이다

해바라기 사랑

해바라기는 해만 바라보다
까맣게 눈이 먼다

눈이 멀어도 해만 바라본다

사랑은
하나만 바라보다가
눈이 머는 것이다
눈이 멀어도
하나만 바라보는 것이다

다른 눈을 뜨는 것이다

장소의 노래

최규학 시집

4부
장소의 노래

가을 백마강

흐느끼는 춤사위
강물로 뛰어드는 낙엽
물고기도 붉은 눈물 흘리나
석양에 물든 강물
속살이 발갛게 익었다

강변에 만발한 가을꽃
코스모스 백일홍..
궁녀의 치마인가
파도 따라 흔들거리는 모습
옛 영화 그립다

분주히 오가는 유람선
그 시절 무역선이 이러했을까
하늘로 가는 강물
천년을 흘렀어도
백제 향기 비릿하다

가을 부소산

가을 부소산은 잘 익은 수박이다
푸른 소나무는 수박껍질이고
빨간 단풍나무는 수박의 속살이다

지나가는 사람
까만 씨앗 두 개

눈물의 편지는 떨어지고
사랑의 편지는 날아간다

백제의 바람 불어와
궁녀의 치마 나풀거린다

한 발짝에 눈물 한 방울
수박 찍어 먹는 산새

이가 시리다

가을을 열기 위하여

가을을 열기 위하여
하늘은
여름을 달래 보내야 한다

엉엉 울며 버티는 여름에게
노래를 불러줘야 한다
충성스러운 매미는
밤새워 노래를 부르다가
나무를 껴안고 죽는다

오지 않으려는 가을을 위해
꽃길을 마련해야 한다
코스모스는 길가에서 가을을 기다리다 목이 빠진다

가을 문이 열리면
고추잠자리가 먼저 사과 볼에 연지를 칠하고
쑥부쟁이도 온몸에 향수를 뿌린다

가을을 완성하기 위해 하늘은 외로운 사람의 가슴에
조각달을 띄운다

강에서 하나를 본다

물줄기 거대해도 하나의 빗방울이 모인 것이다
강물은 빗방울과 다르게 보이지만
본래 하나이다

강과 모래밭 사이
모래밭과 숲 사이
숲과 산 사이

순수하고 아름다운 하나가 산다
모두 바람 옷을 입고 산다

갯벌

갯벌은 하루에 두 번 옷을 갈아입는 신부
옷을 입으면 찬란한 푸른 비단
옷을 벗으면 미끈한 검은 피부
옷을 입으면 갈매기들이 구애하고
옷을 벗으면 할머니들이 추억을 캔다
갯벌 옆에서 평생을 짝사랑하는 갯바위 할아버지
무심한 듯 웃고 있다
언젠가 갯벌의 품에 안기리라

남당항 대하 축제

10월의 남당항에서는 바다도 단풍이 든다
낙엽 지는 파도를 바라보는 사람의
가슴도 단풍이 든다

남당항에서 죽도를 바라보면
죽도록 사랑하고 싶어진다

남당항 아주머니도 죽도록 사랑하고 싶으리라
불타는 소금에 소신공양하는 등 굽은 새우처럼
사랑하고 싶으리라

새우들이 팔팔 뛰며 살려달라고 몸부림친다
"이제 좀 그만하거라!"
아주머니의 다정한 음성에
새우들은 평정심을 찾고 허리를 편다

지옥에서 천국에 간 것인가?
세상살이에 더러워진 단벌옷이
빨간빛이 감도는 새 옷으로 바뀐다

옷을 과감하게 벗기면
드러나는 속살 하얗게 뜨겁다
새우는 단 한 번도 뜨거운 적이 없었던 뜨거운 속살로
뜨겁게 보시를 한다

죽도록 사랑하고 싶은 뜨거운 사람
죽도록 사랑하고 싶은 뜨거운 맛

남당항 대하 축제에서
천국에 가는 것은 새우만이 아니다

다름과 같음

궁남지 연꽃들은 색깔도 다르고 크기도 다르지만
꽃이요 연꽃이요 우아하다는 것은 같다
높은 꽃대에서 시드는 연꽃과
호숫가 밑바닥에서 짓밟히는 버들잎은 다르지만
처지가 딱한 것은 같다
바닷물처럼 출렁거리는 연잎과
나비처럼 나풀거리는 풀잎은 다르지만
하는 일은 같다
서기 634년에 궁녀들과 뱃놀이 하던 백제 무왕과
2025년에 혼자서 산책하는 나는 다르지만
호수를 즐긴다는 것은 같다
세상에 같은 것은 하나도 없지만 같지 않은 것 또한 그렇다

마곡사 가는 길

마곡사 가는 길에서는
장사하는 할머니가 보살이다
산나물, 감자, 약초, 호두, 콩..
불전의 공양물처럼 진열해 놓고
부처의 미소를 띠고 앉아 계신다
바람의 법어를 말씀하시는데
"사람은 바쁘게 살아야 해..늙어서는
 바쁜 것이 제일이야…"
듣는 사람의 귀가 밝아지고
마음은 부처가 된다
계곡에서 목욕재계하는 천 개의 바위들도
할머니 보살의 법어를 들으며
깨달음을 얻은 표정이다
나도 오늘 법어를 들었기에
산을 올랐다가
마곡사는 들리지 않고
그냥 내려왔다

배알도 수변 축제

아기가 달려가니 강아지도 따라 뛴다
아빠가 따라가니 엄마도 쫓아간다
아기는 넘어져도 울지 않고
강아지도 짖지 않는다

구름의 큰 귀가 더 늘어나고
까치의 짧은 날개가 더 짧아진다

섬진강 숭어 펄쩍펄쩍
배알도 소나무 피식피식
망덕산 외로운 신선 흥얼흥얼

짧은 색소폰 소리가 긴 뱃고동 소리와
호흡을 맞춘 그날

병든 지구

가련한 지구
피부 염증이 심하다

언제까지 우주를 달릴 수 있을 것인가

시멘트와 철 기둥
플라스틱 파편과 비닐
물 대신 흐르는 농약

덧나는 아픈 상처
얼굴은 노랗고
몸은 뒤틀리는데
암 덩이들을
문명이라 부르는
무지렁이

거세한 사타구니에서
썩은 냄새가 진동한다

비암사

그 절에 가면
그 느티나무에 절하고 싶다

만 가닥 그리움을
만 가지에 매달고

일주문 있을 자리
사천왕 있을 자리

팔백 년 넘게 외로이 서서
누군가를 기다리는 나무

잎이 위에서부터 피면
풍년이 온다는 소문이 나자

해마다
풍년의 잎사귀를 피우는 나무

절 받을 만하지 않은가

담벼락에 쓰여있는 글귀도
그 느티나무의 바램이겠지

"아니 오신 듯
 돌아가시옵소서"

봄은 눈물이다

봄은 눈물이다
밟혀 죽는 새싹, 부딪혀 죽는 짐승, 부러지는 어린나무,
피는 듯 지는 꽃잎이
방울 방울 눈물이다

청보리 바다의 푸른 물결은 눈물이다
온몸이 뒤틀리는 아픔을 딛고
앞으로 앞으로 나아간다
바람의 폭력을 무사히 견딘다면
진주보다 귀한
눈물방울이 깃발처럼 매달리리라

앞산 마을 뒷산 마을
나무들이 입고 나온 새 옷은 푸른 눈물이다
천사의 눈물로 지은 푸른 웨딩드레스!
눈부셔서 눈물이 난다

봄은 차가운 눈물로 와서 뜨거운 눈물로 간다.

산 능선

산 능선은 활주로이다
태양도 산 능선을 타고 오르고
달도 산 능선을 타고 내린다

산 능선은 하늘과 땅을 잇는 가장 아름다운 곡선이다
빨랫줄에 걸린 옷처럼 무지개가 걸린다

갓 태어난 혼불이 올라가고
늙어 죽은 별똥별이 내려온다

산 능선은 멀리서는 매끄러워 보이지만
가까이 가보면 울툭불툭하다

산 능선은 아버지의 어깨를 닮았다

새와 두더지

하늘을 나는 새와
땅속을 기는 두더지 중에
누가 더 행복할까?
새는 자유롭지만 불안하다
두더지는 답답하지만 편안하다
새는 먹이를 발견해도
다 먹지 못하고
두리번거리며 한두 입 먹고 날아갔다가
다시 날아 온다
두더지는 그 자리에서 맘껏 먹으며
배를 두드린다
땅속에 두더지가 있다는 것을 잊지 말자
두더지에게는 땅속이 하늘이다

소녀와 할아버지

바람이 부니 나뭇잎이 떨어지네요
바람이 시를 쓰는구나
바람이 느티나무를 흔드네요
바람이 마음을 흔드는구나
느티나무가 엄청 크네요
느티나무가 별을 따려는구나
자전거가 많이 낡았네요
자전거가 할머니를 닮았구나
느티나무와 벤치와 자전거가
너무 멋져요
네가 없다면 그것이 다 무슨 소용이겠느냐

안개와 마을

안개가 마을에 몰려오면
마을은 사라지고 신비한 섬이 된다

무엇이 안개를 불러 오는가
아니면 안개가 마을을 골라서 찾아오는 것인가

마을에서 안개가 사라지면
마을은 다시 들판 위의 산이 된다

무엇이 안개를 몰아 내는가
아니면 안개가 스스로 물러가는 것인가

안개가 왔다고 마을이 없어지는 건 아니다
안개가 갔다고 마을이 새로 생기는 것도 아니다

마을은 그대로 있는데
안개가 왔다 갔다 할 뿐이다

안개를 받아들인 마을은 아름답다

일출

해가 떠오른다
누가 가장 반기는가

산 위의 눈꽃
해가 뜨면 시드는데
어찌 저리 눈부신가

자명종처럼 우는 새
눈물을 흘리지 않는데
어찌 운다고 할까

일출에
세상의 모든 눈꺼풀이
열린다

귀가 열린다

절경

절경은 많다

굽은 등을 바위에 기대고
석양을 바라보는
머리 빠진 가을 소나무

물고기들이 가로 뛰고 세로 뛰는
저문 강가
비린 손을 씻는 늙은 어부

호수에 빠져도 젖지 않는 구름
나뭇가지에 걸려도 신음하지 않는 달
파도의 구애에도 쓰러지지 않는 갯바위
먹이를 놓쳐도 당황하지 않는 왜가리

그러나
이 우주에서 가장 아름다운 절경은
주름진 당신 얼굴

즐거운 강

해가 뜨면
강은 즐겁다
방실방실 웃는다

달이 뜨면
강은 즐겁다
반짝반짝 빛난다

바람 불면
강은 즐겁다
출렁출렁 춤춘다

내가 가면
강은 즐겁다
조잘조잘 말한다

진짜 용龍

교회 십자가나 동네 카페보다 흔한 것이 요즘 용이다.

흔들흔들 쉬쉬 쉬쉬 목룡木龍

꼬물꼬물 꿈틀꿈틀 산룡山龍

배배배배 비비비비 강룡江龍

철썩철썩 출싹출싹 해룡海龍

돼지 꼴, 개 꼴, 어쩌다 용 꼴 운룡雲龍

지남철로 쇠붙이를 당겨가듯 남의 것을 모조리 빼앗아 처먹는 이무기 떼까지

널린 게 용이다

그러나 귀가 크고 입이 작은 진짜 용이 있다

들개나 잡풀을 기린과 난초로 여기며 존중하는

낮춘 사람

바로 용 중의 용 인룡人龍이다

착한 바람

착한 바람이 가져가는 것은
땀방울만이 아니다

마음에 낀 구름도 가져가고
오장육부에 붙어있는 티끌도 가져간다

좋은 것은 남겨두고
몹쓸 것만 가져간다

착한 바람을 만나 춤추는 것은
나무와 풀뿐만이 아니다

천국은 빗소리로 온다

비 오는 날 밤은 우산이 피아노가 된다
장엄한 우주의 음악
천사의 손맛

우주에서 빗소리를 들을 수 있는 곳이
천국이다

태양이 가장 심혈을 기울여
만든 물방울 진주
신께서 가장 사랑하는 곳에
뿌리는 생명수
풀잎의 주름살을 펴게 하고
나무의 척추를 세우는 우주의 링거액

빗소리가 들리는 곳에
내가 있다는 것
그것이 기적이다

초등학교 운동장에서는

초등학교 운동장에서는 낮에도 별이 뜬다
빨간 별 큰 곰 자리 노란 별 작은 곰 자리
파란 별 물병자리

별들이 제자리서 맴돌다 넘어지고
달려가다 뒹굴고
펄쩍펄쩍 뛰다가 주저앉는다

별이 강아지가 되어
공을 쫓고
공을 차고
공을 안다가 미끄러진다

초등학교 운동장에서는 별들이 깔깔깔 웃다가
새가 되어 날아간다

누구나 한 때는 별이었다

해운대에서

두 개의 세계가 만나는 해운대 모래밭에는
다리가 두 개인 콩나물이 가득하다

시옷자 모양의 콩나물 대가리에는
두 개의 렌즈가
부지런히 돌아가며
동영상을 찍는다

서 있는 시옷자는 무엇을 바라보고
걸어가는 시옷자는 어디로 가는가

마천루 호텔 창가에서 내려다보면
사람은 그저 시옷자 콩나물이다
두 개의 렌즈가 달린 스마트 셀카봉이다

시 속에서 살펴보는 인생의 보물찾기

- 최규학 시에 나타난 꽃에 대한 사랑과 연정

김명수(시인, 효학박사)

〈해설〉

시 속에서 살펴보는 인생의 보물찾기

- 최규학 시에 나타난 꽃에 대한 사랑과 연정

김명수(시인, 효학박사)

1. 글을 시작하며

최규학 시인의 네 번째 시집 장소의 노래를 읽다 보면 중국의 문학 이론서인 문심조룡이 생각난다. 시인은 머리글에서 그동안에 나온 세 권의 시집과 이번에 나오는 네 번째 시집에 대한 정의를 다음과 같이 내렸다. 첫 시집 꽃의 노래에서 시 쓰는 것을 요리하는 것으로 두 번째 인생의 노래에선 그리기와 노래하기로 세 번째 시집 사랑의 노래에서는 보물찾기로 규정하고 한 편 한 편 글을 써가고 있었다. 그리고 네 번째 시집 장소의 노래에서는 보물찾기에서 벗어나 신의 뜻을 캐어 세공하는 것으로 본다고 말하고 있다.

처음 시 쓰는 것을 요리하는 것에서 발전하여 이제 신의 뜻을 캐어 세공하는 것으로 발전시켰으니 이는 대단한 발전이라고 말하고 싶다. 이는 문심조룡에서 처음 말하는 글을 씀에 있어 용심

用心, 달리 말하면 문장을 짓는 원리를 말하는바 이는 마음은 얼마나 아름다우며 교묘한가 라고 말하고 있는데 이는 환연環淵이 지은 금심琴心과 왕손王孫이 지은 교심巧心에서 심心을 빌려 왔다고 하는데서 나온 말이라고 한다.

최 시인이 시 쓰는 것을 요리하는 것으로 시작해서 금을 세공하는 것까지 발전시켜 왔다는 것은 용의 몸에 아름다운 무늬를 새기는 것과 같다고 말하는 것과 같은 맥락이다. 이는 실제로 거기까지 갔는지는 독자들이 판단할 몫이지만 분명한 것은 그만큼 노력하고 있다는 점에 대해서는 함께 박수를 보내고 싶다.

글을 쓰는 시인들이 감성과 감정을 잘 구별해서 써야겠지만 공부를 좀 더 하고 좀 더 품위 있는 시를 써야 하지 않겠는가? 라고 두보杜甫의 말을 빌려 말을 전달한 적이 있다. 왜냐하면 시대를 앞서가는 능력, 예지의 능력이 있다고 하는 것이 시인이라면 적어도 시인들은 더 많은 공부를 해서 좀 더 품격 있는 글을 써야 한다는데 필자도 동의하기 때문이다. 그런 의미에서 최 시인은 참 훌륭한 시인이시다. 그 이유는 학교 정년 퇴임 후에도 사서삼경을 비롯한 각종 서적을 탐독함으로써 그 누구보다 깊은 식견과 교양을 가지고 좋은 시를 쓰려고 노력하는 모습에서 많이 배우고 있기 때문이다.

여기서 한 가지 오해하지 말아야 할 것은 시를 품위 있게 써야 한다고 해서 시를 쓰는데 어려운 한자말을 섞어가면서 쓰라고 하는 것은 아니다. 언어를 활용함에 있어서나 또 각종 표현의 방법에 이르기까지 보다 많은 사람들이 함께 읽고 공감이 가는 언어들로 채워졌으면 하는 것이다. 이런 의미에서 최 시인의 이번 시집은 앞에서 말했듯 멋진 뱀이 더 아름답게 하기 위해 각종 문신을 만들고 숲을 헤엄치는 것처럼 최시인으로 매 편마다 적합

하고 아름다운 시어들을 씀으로써 좋은 시집으로 세상 밖으로 나옴을 환영한다. 그리하여 보다 많은 독자들로부터 사랑받는 시집이 될 것으로 기대한다.

2. 꽃을 사랑하는 진정성

우리나라에는 꽃을 주제로 시를 쓴 시인들이 많이 있다. 김춘수의 꽃을 대표작으로 서정주의 국화옆에서, 김소월의 진달래꽃, 김영랑의 모란이 피기까지는 정호승의 목련, 구재기의 으름넝쿨 꽃과 김명수의 질경이 꽃, 나태주의 풀꽃에 이르기까지 수많은 꽃들에 대하여 시인들이 각자의 목소리로 꽃의 춘하추동을 노래했다. 꽃은 시인들의 가장 선호하는 시를 쓰는 재료의 하나다. 꽃이 갖고 있는 이미지와 향기가 그 무엇보다 시인의 마음을 사로잡고 있다. 또한 대부분의 시인들은 꽃에 대하여 아름답고 향기롭고 수줍고 예쁘고 다소곳하고 사랑스럽고 고상한 단어들을 등장시켜 많은 사람들이 좋아하고 친밀감을 갖게 한다. 꽃은 많은 사람들에게 많은 위로와 가쁨을 주기 때문이다. 졸업식 입학식 결혼식은 물론 생일과 상을 받았을 때에도 꽃을 곁들여 줌으로써 마음을 더 따뜻하게 하고 기쁘게도 해 준다. 꽃은 이처럼 다양한 방법으로 우리 인간에게 낭은 위로와 힘을 주기에 시인들은 그 꽃을 사랑하고 아끼는 만큼 꽃을 주제로 한 좋은 시를 써서 오래오래 곁에 두고자 한다.

　　불꽃만 타는 것이 아니라 꽃도 탄다
　　꽃이 타니 꽃향기가 우주를 두드린다

꽃불은 순간으로 영원을 붙잡는다

깨달은 사람만 타서 사리를 남기는 것이 아니다

꽃도 타서 사리를 남긴다

사람의 사리를 먹을 수 없지만

꽃의 사리는 먹을 수 있다

신은 우주를 창조하면서

최고의 작품을 지구에 숨겨 놓았다

꽃이다

신의 분신은 사람이 아니라

꽃이다

-「꽃도 탄다」 전문

위의 시에서는 읽는 느낌이 좀 놀랍고도 파격적인 느낌이 든다. 그러나 다시 한번 읽어보면 그 속에는 심오한 철학적 의미가 담겨 있다는 것을 발견할 수 있다. 필자가 서두에서 최 시인의 시에서는 장자나 노자 냄새가 난다고 말한 것도 이러한 맥락에서다. 여기서 꽃이 탄다라는 것은 그 꽃이 갖고 있는 아름다움을 그리고 향기를 자신의 몸을 불태울 정도로 마음껏 발휘하는 그런 순간을 맞는 것을 의미한다. 붉고 예쁜 꽃잎의 장미나 희고 곱고 뽀얀 목련 그리고 눈 속에 피는 설중매 등 수많은 크고 작은 꽃들은 혹한의 겨울을 이겨 내고 봄이 되면서 그 작은 가지 끝 몽우리를 붉게 터뜨리는데 그렇게 되기까지 나름대로 고군분투했을 꽃들을 생각하면 여간 대견한 것들이 아닐 수 없다. 그 화려하고 예쁘고 아름다운 모습을 보여주기 위해 붉게 태우는 것이다. 따라서 꽃이 탄다라고 한 것은 꽃이 갖고 있는 색깔과 향기와 그 성정 그 꽃이 주는 꽃말이나 사람에게 주는 이미지가 될 것이다. 예를 들어 서정주의 국화옆에서 국화꽃의 사리는 국화꽃을 피우기 위해 봄부터 울어댔던 소쩍새의 울음이요 국화꽃이 갖고 있는 향기요 모진 시간을 견디며 아름답게 꽃을 피운 국화꽃의 성정이라고 볼 수 있다. 그러기에 이 시에서 사람의 사리는 먹을 수 없지만 꽃의 사리는 먹을 수 있다고 한 것은 꽃의 향기를 맡아 내 몸속에 흡입시킬 수 있고 그 꽃이 갖고 있는 아름다움이나 고결함 고상함 등을 내 가슴속에 내 마음속에 숨겨 놓을 수도 있기에 먹을 수 있다고 표현한 것이 아닌가 하는 생각을 갖게 한다. 이만섭 시인은 시를 읽다라는 글에서 시를 쓴다보다는 낳는다로 꽃을 피우다 보다는 꽃이 태어나다로 표현하는 것이 더 좋다고 했다. 이 글귀를 반복해서 읽어 보면 때로는 시를 낳는다, 태어난다라고 해도 좋을 듯했다. 문맥이나 시의 전체적인 흐름에 따라 다를 수 있겠다고 보는 것이다. 꽃이 탄다도 그런 맥락에서 보면 되지 않을까 하고 생각해 본다. 신이 만든 최고의 작품이 사람인 줄 알았는데 최 시인은 최고의 작품이 꽃이라고 했다. 따라서 최 시인의 「꽃도 탄다」라는 시를 필두로 많은 시들이 이 시를 읽는 사람들의 마음속으로 더 깊이 파고들 것이라고 생각한다.

꽃을 바라보면 꽃이 된다

그 꽃이 된다

사랑초를 바라보면

사랑초가 되고

아네모네를 바라보면

바람이 된다

길모퉁이를 지나갈 때

넌지시 소매를 잡는 장미꽃

한참을 바라보면

향기가 되어 너에게 간다

슬픔을 가득 안고

한참을 바라보노라면

한 소쿠리 기쁨이 되어

너에게 간다

위 시는 꽃이 갖고 있는 매력을 흠뻑 나타내고 있다. 꽃을 바라보면 꽃이 된다. 이것은 평범한 듯 하지만 실제 우리가 실험을 해 보면 알 수 있다. 빨간 장미꽃이 푸짐하게 핀 학교 울타리를 지나다 한참을 바라보노라면 그 장미꽃 속에서 내가 들어 있는 느낌이 든다. 어느 땐 그 속에 숨은 얼굴이 보인다. 장미꽃을 닮은 듯 환하게 예쁘게 곱게 웃는 모습들이 보이는 듯하고 다가오는 듯한 느낌도 든다. 이렇듯 꽃 속에 있으면 나도 꽃이 되는 기분은 꽃 속에서 사진을 찍어 보면 안다. 꽃 속에 서 보면 그 예쁜 꽃 속에서 나도 하나의 꽃이 되고 싶은 욕망이 생긴다. 최 시인은 말한다. 사랑초를 바라보면 사랑초가 된다고' 길모퉁이를 지날 때 넌지시 옷소매를 잡아 다니는 듯한 모습으로 나에게 다가오는 그 모습, 한참을 바라보다가 향기가 되어 너에게로 간다는 것은 역설이다. 꽃향기가 나에게 번져 오는 것을 최 시인은 내가 향기가 되어 꽃 속으로 간다 라고 말하는 것이다. 그래야 나도 꽃의 일원이 될 수 있기 때문이다. 사람은 누구나 아름다워지고 싶고 나름대로 특성을 갖고 싶어 한다. 그 특성이 꽃이 갖고 있는 향기다. 나도 향기가 되어 그 사람 곁으로 가고 싶다. 사람들은 한 번쯤 누구나 그런 생각을 한다.

　　　나비가 꽃 문을 여는 방법은
　　　함부로 밀지 않고
　　　사랑으로 두드리는 것이다

　　　꽃의 요정이 스스로 꽃 문을 열고
　　　꿀단지를 내어주고 싶게 하는 것이다

　　　꿀단지를 받아 들면
　　　한바탕 기쁨으로 춤을 추는 것이다

　　　부드러운 날갯짓으로
　　　들판에 꽃향기의 물결을 일으키는 것이다

　　　지나가던 햇살도
　　　향기로운 세상에 취하게 하는 것이다
-「꽃문」 전문

전에 시 공부를 할 때 은사님이신 한상각 교수님께서 눈을 감고 말씀하셨다. "시詩자를 보면 말씀언言변에 절寺 자가 붙어 있어요. 왜 그런가 했더니 우리나라 어떤 절을 가던 그 절 마당에서 앞을 바라면 경치가 너무 좋아. 그때 대부분의 사람들이 아 - 경치 참 좋다 라고 하는 말이 절로 나오지 그 말 한마디 그게 바로 시詩야. 아 -하고 감탄사가 절로 나오거든. 시詩의 한 구절이 탄생하는 순간이지. 좋은 시는 그렇게 그림이 그려져. 시를 써

놓고도 그게 무슨 말인지 모르는 것보다 그 시를 읽을 때마다 그림이 그려지는 시, 그게 바로 좋은 시여. 평론가들의 이상한 입맛에 따라 쓰는 것이 아닌 자신의 진솔한 마음을 그려내는 거지"
그 이후 나는 어느 시를 읽던 눈을 감고 때로는 눈을 뜨고 그 시에 맞는 그림을 그려보는 버릇이 생겼다. 그리고 나도 모르게 그림이 그려지면 아 그 시에 대한 친밀감이 더해진다. 최 시인의 시를 읽으면 매력적인 시적 분위기를 연출하는 것 같다. 2연의 꽃의 요정이 스스로 문을 열어 주고 꿀단지를 내어주는 이란 표현은 어떻게 생각하면 이는 꽃을 찾아오는 나비를 너무 사랑하기에 문을 두드리는 순간 문을 활짝 열음과 동시에 사랑하는 사람의 목을 껴안는 모습을 연상하게 된다. 그만큼 꽃과 나비의 관계가 연인관계처럼 느껴지도록 시로 표현한 것이다. 이는 자연과 동물에 인간의 생명력을 불어넣어 줌으로써 자연스럽게 자연과 동물을 사랑하는 최 시인의 따뜻한 마음을 표출시키고 있는 것이다. 4번째 연의 '부드러운 날갯짓으로 들판에/꽃향기의 물결을 일으키는 것이다.' 라는 것은 나비가 들판에 날갯짓을 할수록 들판에 핀 꽃들의 향기가 더 많이 더 높이 더 넓게 퍼지게 됨을 의미한다. 또한 꽃 문을 열고 사랑을 두드리면 창문을 열고 꿀단지를 내어 주고 받아 든 꿀단지를 들고 춤을 추고 들판에 향기의 물결을 이루고 지나가는 햇살까지도 춤을 추게 한다는 것이다. 이런 마력을 지닌 나비와 꽃이 만나면 다양한 일들이 동시에 불타오르는 것 같다 라고 말한다. 이렇듯 꽃이라는 주제 속에서 시인의 다양한 주제 의식은 자신의 존재감과 꽃의 존재를 동일 선상에 놓고 꽃을 사랑하는 만큼 생명의식을 불어넣어 줌으로써 꽃과 인간과의 밀접함을 강조하고 꽃을 주제로 쓴 다양한 시들이 치열한 생명 의식을 보여주고 있는 것이다.

동백꽃처럼 지고 싶다

젊은 모습 그대로 늙어서까지

아직도 많은 꿀이 남아 있을 때

갑자기 툭 떨어지고 싶다

동백꽃은 젊어서 죽는 것이 아니다

늙어서까지 젊은 모습 지켜낸 것이다

멀쩡한데 요절했다고

눈물 흘리지 마라

동박새도 직박구리도

동백꽃이 진다고 울지 않는다

죽을 때까지 젊은 모습 간직한 채로

보는 사람 안타까워 한숨지을 때

저승길 가는 모습

얼마나 아름다운가

- 「동백꽃처럼」 전문

    화무십일홍이라고 꽃은 피면 반드시 지게 되어 있다. 어떻게 보면 생명체가 있는 모든 동식물들은 기간의 차이가 있을 뿐이지 누구나 무엇이 되거나 누구나 한 번쯤은 왔다 가는 것이 당연한 일인지도 모른다. 최 시인이 아끼는 동백꽃이 진다. 겨울에 꽃이 핀다고 해서 동백이라고 이름 지었다는 이 꽃은 줄기에서 많은 가지가 올라와 광택이 나면서 톱니처럼 생긴 잎 사이에 붉은 울음으로 피는 동백꽃은 질 때가 되면 미련 없이 땅에 툭 떨어지고 만다. 세상 구질구질하게 살지 않겠다는 듯 그렇게 툭 떨어지지만 그 추운 겨울에도 대견스럽게 붉은 꽃잎을 활짝 펴더니 그만 떨어지고 마는 것이다. 미련 없이 가는 동백꽃의 매력

중 하나이다. 그 추운 겨울 정답게 만날 수 있는 친구에 빗대 세한지우라고도 하는 이 동백나무의 붉은 꽃은 간절한 사랑을 의미한다고 한다

"동백꽃이 말한다 아직도 많은 꿀이 남아 있을 때/갑자기 툭 떨어지고 싶다" 시인의 마음은 그렇다. 꽃이 다 해져서 다 닳아서 구질구질하게 있는 것보다 아직도 꿀이 많이 남아 있을 때 떠나는 것이다. "보는 사람 안타까워 한숨지을 때/저승길 가는 모습/얼마나 아름다운가"라고 말하는 시인은 겉으로 냉정하고 단호한 것 같지만 위에서 마음은 한없이 여리다. 그러나 겉으론 단단함을 잃지 않는다. 늙어서까지 젊은 모습 지켜낼 것이다 라고 한 것을 보면 마음속으로 아직도 젊고 불타고 혈기 왕성한 젊은 기운이 가득 차 있음을 알 수 있다. 시인의 가슴은 그렇게 아직도 뜨겁다. 시인은 동백꽃처럼 아직도 꿀이 많을 때 툭 떨어지듯이 그렇게 간다라고 말하고 있다. 그러나 인간의 생로병사가 그리 마음대로 되는 것은 아니기에 시인은 오늘도 달 밝은 밤 나이 들어서도 추하지 않기 위해 할 때는 하고 갈 때는 가고 남을 때는 남아나 한다는 것을 말하고 있다. 동백이 의미하는 수줍음과 정열 그건 어쩌면 최 시인이 갖고 있는 내면의 울음과 비슷한 건지도 모른다. 최 시인의 일에 대한 정열, 시에 대한 정열, 공부에 대한 정열은 물론 그 이상의 것들이 시인의 마음을 더욱 갈고닦게 만들고 있는 것이다.

화개천 넘실넘실
십 리 벚꽃길
호리병 깊이깊이
가득 채웠네

외로운 구름

산을 못 넘고

떨어지는 꽃잎

강을 못 넘는데

봄비에 몸 젖고

꽃비에 마음 젖은 사람

비틀거리며

벚꽃길 가네

- 「벚꽃길」 전문

봄날 대표적인 꽃 중의 하나인 벚꽃을 주제로 시를 쓰는 시인의 시는 대단히 많다 최 시인도 그 하나다. 벚꽃이 흐드러지게 핀 화개장터 길을 가면서 쓴 이 시는 당시의 냄새가 짙다. 화개까지 가는 길을 표현한 "화개천 넘실넘실/십 리 벚꽃길/호리병 깊이깊이 /가득 채웠네" 벚꽃이 흐드러지게 핀 봄날 시인은 화개를 향하여 벚꽃길을 달린다. 양옆에 활짝 핀 화개 가는 벚꽃길은 그야말로 무릉도원 같다. 시인은 화개 가는 길목의 벚꽃 길을 호리병 같다고 했다 그만큼 풍성함과 휘어진 길이 빚어내는 아름다움의 한 모습이다. 이 시의 백미는 바로 이거다. '봄비에 몸 젖고/꽃비에 마음 젖은 사람' 은유의 극치를 이룬 이 표현은 이 시를 읽는 순간 전율이 흐르게 한다. 그만큼 최 시인의 시속에서 표현은 읽는 사람의 마음을 사로잡게 한다. 이는 아무나 가져올 수 있는 표현이 아니다. 벚꽃의 수명이 다할 때쯤 비바람이 불면 그 거리는 꽃비가 내리는 듯 황홀한 순간을 맞는다. 그 순간 몸은 봄비에 젖고 마음은 꽃비에 젖는다. 참 아름다우면서도 예쁜 표현이다. 우리가 사랑하는 사람을 만나서도 아름답게 표현했을 때 기쁨과 황홀함이 같이 오듯이 봄비 끝에 날리는 벚꽃의 흩날림은 꽃비에 마음이 젖어 꿈속을 걷는 듯하다. 아마도 전국에 수많은 벚꽃 길이 있어 해마다 이런 느낌을 받는 사람들이 제법 많을 것으로 생각된다. 시인은 자연 속에 이루어지는 수많은 변화를 통해 슬프고 기쁘고 곱고 아름답고 행복함을 느끼면서 언어를 통해 마음 깊은 곳으로부터 우러나온 것들을 마음껏 나타낼 수 있다는 것만으로도 행복하지 않을까 하는 생각을 해본다.

3. 인생을 노래하는 진정성

자신의 삶을 되돌아보며 글을 쓴다는 것은 매우 의미가 크다. 그것도 시로써 나타낸다는 것은 시대적인 것이나 사사건건을 시로 압축표현 한다는 것도 쉽지 않은 다양한 일이다. 우리가 살아온 인생의 뒤안길에는 희로애락의 바탕 위에 문화예술을 비롯한 정치 경제 사회 문화 등 다양함 속에서 그때그때 변화를 꾀하면서 살아왔기에 그것을 나타내는 것 또한 쉽지 않을 것이다. 어떤 사람들은 자기 인생의 뒤안길에서 자신을 나타내는 것으로 자서전이 있는가 하면 한 편의 영화나 다큐멘터리식으로 만들어 메시지의 전달은 큰 감동을 주는 경우가 많다. 그건 종합예술이기에 때로는 감동적인 부분들을 빼기도 해야 하지만 시인이 시를 통해서 그때그때 일들에 대해 감동을 주려고 노력하고 있다, 우리가 지난 인생의 뒤안길에서 어떤 주제를 가지고 어떻게 만들고 어떻게 전시하느냐에 따라 그가 설사 전반부에 좀 실수가 있

더라도 공동체에 어떤 영향을 주고 있는가에 따라 인생을 살아
가는데 커다란 긍지와 보람을 느낄 수 있다고 본다. 또한 우리의
인생은 어떤 의미에서 웃음과 감동이 적절히 배합되어야 진정성
이 엿보인다고 하는 것은 자신의 내부 속에 들어 있는 열정과 재
능을 꺼내어 인생에 도전해 보는 것도 새로운 용기가 필요하다.
꾸준히 공부하고 노력하는 모습 그 누구도 찾지 못하는 것들을
새로운 시각 신선한 시각으로 살펴봄으로써 그가 시인으로서 잠
재된 능력을 다시 한번 발휘하게 됨을 안다.

    함께여서 좋다

    뜨거운 내가 차가운 너를
    끌어안고
    붉은 고추장 푸른 시금치
    그 색깔 그대로

    다르다고 밀어 내지 않고
    잘났다고 으스대지 않고

    명찰 떼어 버리고
    부둥켜안고

    한 몸 되어
    맛있어서
    영양 많아

    좋다

-「비빔밥」 전문

위 시는 최 시인의 소박함이 잘 나타나 있는 시이다. 최 시인은 함께 어울리는 것을 참 좋아하는 시인이다. 자신의 이득과 손실을 떠나 함께 해야 하는 것에는 늘 앞장을 선다. 그리고 그 속에서 함께 어울리려고 노력한다. 이 비빔밥의 시속에 바로 최 시인의 모든 것들이 녹아 있다. 뜨거운 내가 차가운 너를 끌어안고 이 구절을 보면 안다. 전에 자신이 책임을 맡고 일하고 있을 때 보이지 않는 손이 힘들게 하는 경우가 있었다고 했다. 그러나 최 시인은 그 모든 것을 끌어안고 조용히 소리 안 나게 일을 해결해 나갔다고 했다. 말이 그렇지, 그런 건 쉽지 않다, 자존감이 무너지고 배신의 감정이 숏구칠 때 장자의 힘을 빌어 좀 더 자신을 갈고닦아 누그려 뜨려야 한다. 그걸 최 시인은 해나가고 있었던 것이다. 비빔밥에서 보여주는 그 포용력이 그걸 대신해 준다. 시는 그 사람의 한 부분이다. 아니 어느 곳에서는 전부일 수도 있다. 시인은 바로 그 시를 통해 자신의 내면의 일부를 표출시키면서 상황을 이끌어 간다. 그게 바로 필력이다. 그건 내공이 쌓였을 때 더 효과를 본다. 최시인은 말한다. 다르다고 밀어내지 말고/잘났다고 으스대지 말고 이건 개인이나 조직에 있어서도 마찬가지다. 사실 따지고 보면 종이 한 장 차이인데 그걸 위에 놓으려 하고 굳이 밑에 놓고 끌려고 하고 그런 경우를 본다. 하루아침에 자리가 변했다고 자신이 변한 것처럼 힘을 주는 모습들이 간간이 보인다. 이는 가장 바보 같은 행위다. 시를 통해서 문학을 통해서 조금은 스스로 깨닫게 하는 것도 좋은 방법의 하나이다.

그리고 결에 가서 말한다. 명찰 떼어 버리고 부둥켜안고, 회사이던 관의 직장이던 사회단체이던 모든 사람에게 해당하는 얘기다. 자리가 사람을 만들어 준다지만 자리가 사람을 망치기도 한다. 이는 정치적 세계로 들어가 보면 실감 날 정도로 많이 있다. 비빔밥은 그냥 비빔밥이 아니다. 그 비빔밥 속에 들어 있는 서민들의 깊은 뜻, 비빔밥을 먹는 사람들은 알고 있는지, 혹 설사 먹지 않는다 해도 비빔밥이다. 한 구절 한 구절을 떼어내 읽으면서 자신과 견주어 가고 혹시나 하나라도 비슷한 것이 걸린다면 거울 앞에서 자신의 얼굴을 똑바로 보고 나가면 어떨까. 감정이 살아 있다면 무언가 하나씩 자신의 붉은 점들을 발견할 수 있을 것이다.

달리다 쿵!* 넘어지면
어디선가 들려오는 목소리
"어서 일어나거라"

산다는 것은 넘어졌다 다시
일어나는 것
바람이 불면
누었다 일어나는 풀처럼
다시 일어나는 것

인생길을 가다 보면
돌부리에 걸려 넘어지고 헛디뎌 넘어지고
누가 자빠뜨려 넘어지고
지치고 아파서 넘어진다

일어나기 힘들 때
어디선가 들려오는 목소리

"어서 일어나거라"

달리다 굼

-「일어나거라」 전문

일어나거라. 굵지만 아주 작은 소리 하나 들렸다. 초등학교 때였다. 담임선생님께서 학교 뒤 송방에 가서 용품 하나 사 오라고 시켰는데 기분 좋다고 뛰어가다가 돌부리에 넘어져 코가 깨졌다. 피가 나는데 한적한 시골길이라 겁도 나고 아무도 나를 일으켜 세우는 사람이 없었다. 그때 어떻게 오셨는지 교장선생님께서 손을 잡아주시며 한 말씀하셨다. '일어나거라' 돌부리에 넘어져 코피를 흘리며 엎드려 울고 있는 나에게 손을 내밀고 일어나거라 하고 손을 내밀어 코피를 닦아준 교장 선생님 아주 작은 사건이지만 나에겐 평생 잊을 수 없는 따뜻한 손이다. 우리가 사는 사회에는 잊을 수 없는 따뜻한 손은 많이 있다. 산다는 것은 넘어졌다 다시 일어나는 것이라고 한 것처럼 이 사회는 모두가 따뜻한 손을 원한다. 살기가 어렵고 직장생활이 힘들 때 누군가 손을 잡아준다면 훨씬 용기를 얻어 더 열심히 더 잘 살 수 있을 것이다. 시인은 성경 속에서 예수가 12세 소녀를 살리실 때 한 말을 빌려 이 세상 사람들에게 용기를 주고자 한다. 우리는 크고 작은 일에 쉽게 좌절하고 주저앉는 경우가 있다. 그때 누군가가 손을 잡아주며 일어나게 한다. 그때 손을 내밀어 내 손을 잡아준 손은 얼마나 따뜻한가. 그건 말할 수 없을 만큼 커다란 용기와 희망을 준다. 최 시인은 보리밥에서 함께 가는 것을 그리고 일어나거라에서 좌절과 실의에 바진 사람들에게 용기와 희망을 주는 손을 내밀어 사회의 등불이 되고자 한다. 이는 화자의 바탕에 깔린 휴머니즘 사상이 없으면 할 수 없는 일이다. 목표가 달라지면 되돌아서기 쉬운 현대사회에서 힘들고 어려운 사람들에게 조건 없이 내미는 손 함께 하는 발걸음 그것은 힘들고 지친 사람들에게 찾아오는 따뜻한 햇살 같은 것이다.

4. 사랑을 노래하는 진정성

진정한 사랑은 한 사람을 사랑하기 위해
백 사람의 사랑을 물리치는 것이다
장미에 입 맞추기 위해 가시에 찔리는 것을
즐거워하는 것이다
꽃을 피우기 위해 계속하여 물을 주는 것이다
꽃이 시들더라도 계속하여 돌보는 것이다
새로운 태양이 뜨기 위해서는
밤이 필요하다
사랑의 밤을 견뎌야 한다
잠시 떨어졌다고 끝나는 사랑은 사랑이 아니다
장마가 휴식하면서 지속되듯이
사랑도 나무와 나무 사이의 공간이 필요하다
사람은 사랑하기 위해 태어나고
사랑하기 위해 살아간다
사랑 없는 삶은 인간의 삶이 아니다

    -「사랑에 대하여」 전문

위의 시는 사랑에 대하여 정의를 내린 것 같은 생각이 든다.

사랑에 대한 정의는 사랑하는 대상에 따라 고백하는 내용과 방법이 다를 수 있다. 여기서는 내가 사랑하는 사람을 제외하고서는 그 모든 사람들이 나를 사랑한다고 하더라도 그것을 과감히 모두 물리쳐야 한다는 것이다. 가시에 입 맞추기 위해서는 가시에 찔리는 것을 즐거워하는 것이다. 이는 사랑에 대한 어떤 대가가 설사 아프고 고난이 오더라도 감내해야만 한다는 것을 말하고 있다. 그리고 꽃이 시들더라도 계속 돌봐야 한다는 것이다. 라는 것은 어떻게 생각하면 이것은 쉬운 것처럼 보이지만 자신을 희생해야만 하는 진정한 사랑 없이는 불가능한 것이다. 오래전에 방영된 드라마가 있었다. '네 멋대로 해라'라고 하는 것인데 이는 어렵고 힘들게 자란 두 아이의 이야기다. 고아원에서 자란 남자 주인공이 어려서 소매치기였고 가난한 청년인 그를 여주인공이 사랑한다. 그 남자의 추함 부끄러움까지 더구나 뇌종양으로 시한부 삶을 살게 되는 그 사람을 사랑하는 것이다. 여기서는 그 흔한 남녀 간의 스킨십이나 이상한 장면들이 전혀 없다. 마음과 행동이 서로를 위해 최선을 다한다. 사실 시한부 인생을 살고 있는 사람을 아무 조건 없이 사랑한다는 것은 쉽지 않다. 일반적인 사람들에겐 거의 불가능한 일이다. 죽음의 벽에 부딪혀 있는 남자에게 그 여자는 그 죽음의 벽마저 사랑한다. 눈물겨운 이야기다. 정말로 죽음을 뛰어넘는 사랑이다. 그야말로 진정한 플라토닉 사랑이다. 살아오는데 수고했다고 서로의 발을 쓰다듬다가 서로의 눈빛을 보고 키스를 나누는 장면에서 진정한 두 사람이 사랑하고 있다는 것을 느낀다. 사랑한다는 말 한마디 없는데도 시청자들은 저 두 사람은 진실한 사랑을 한다고 느껴지게 만든 이 드라마는 마음이 통하기에 사랑한다는 말이 필요 없는 진정한 플라토닉한 사랑의 한 단면을 보여주는 드라마라고 볼 수 있다. 최 시인은 이 시에서 '밤이 필요하다/사랑의 밤을 견뎌야 한다/잠시 떨어졌다고 끝나는 사랑은 사랑이 아니다/장마가 휴식하면서 지속되듯이/사랑도 나무와 나무 사이의 공간이 필요하다.'라고 하면서 뜨겁고 열열한 사랑이라도 쉬어 가기를 권장한다. 여기서 쉬라는 것은 중단이 아닌 숨 고르기이다. 깊은 숲에 들어가면 숨 고르기를 할 수 있다. 힘들고 어려운 상황 속에서 희생적인 사랑은 자신의 몸과 마음을 지치게 한다. 이때 잠시 깊은 숲속에서 심호흡도 하고 산책도 하고 쪽잠도 자 보면서 자신을 돌아본다. 내가 건강을 잃고 무너지면 사랑할 수도 없고 받을 수도 없기 때문이다. 시인은 사랑하기 위해 태어나고 사랑하기 위해 살기 때문에 사랑 없는 삶은 인간의 삶이 아니라고 말한다. 따뜻하고 아름다운 진정한 사랑이 우리 주변에 꽃 피울 때 삶의 진가가 나온다고 말하는 것이다. 최 시인의 시 세계가 사랑의 정원에 접근하여 현실 세계에서 이루어지는 갖가지 사랑의 형태에 접근하여 가장 순수한 플라토닉한 사랑을 추구하려는 모습은 아직도 우리 주변에 그런 희망들이 많이 남아 있을 것이라는 추측을 가능하게 한다.

비근한 예로 얼마 전 결혼 상담을 해온 청년이 있었다. 그는 대학 때 그녀를 만났고 예쁘고 곱고 착한 사람을 만나 수년간 사귀었다고 한다. 그런데 결혼을 앞둔 얼마 전에 그녀가 자신의 병을 고백했다고 한다. 결혼을 해도 자신은 불임이기 때문에 아이를 낳을 수 없다고, 그러나 부모님은 그 청년이 4대 독자이기에 아기를 꼭 나아야 한다고 한다. 그 사람과 결혼을 해야 하는지 이건 한 집안의 가계가 끊기는 것이기 때문에 내가 좌지우지하기는 어려운 문제였다. 그래서 이렇게 대답했다. 현대는 결혼을 해도 한 사람 내지는 둘 낳는데 아들 딸 낳을 수도 있고 딸만 낳을 수도 있다. 그렇다면 딸만 낳았을 경우 또 결혼을 해서 아들 낳게 해야 되나? 그런 사회가 아니기에 어쩔 수 없는 경우가 많이 있을 것으로 본다. 결국 아이를 낳았을 경우 딸만 낳았을 경우 그 집도 그 아들 선에서 대가 끊긴다. 그런 경우는 우리 주변에서 얼마든지 있다. 그래서 종족을 번식시키기 위한 결혼이라면 생각해 볼 필요가 있지 않을까? 결국 최종 결정은 청년 몫이기에 깊이 있게 생각해서 결정하라고 했다. 어차피 자신의 인생은 자신이 해결해야 할 몫이다. 사랑을 택할 것이냐, 시인이 말했다. 사랑 없는 삶은 인간의 삶이 아니다. 남녀 간의 사랑, 인류가 존재하는 한 끝없이 생각하고 해결해야 하는 문제다. 집안의 손을 계속 유지하도록 아들 낳는 결혼으로 해야 하나. 이것은 당사자가 아니기에 참 어려운 문제가 아닐 수 없다.

해바라기는 해만 바라보다
까맣게 눈이 먼다

눈이 멀어도 해만 바라본다

사랑은
하나만 바라보다가
눈이 머는 것이다
눈이 멀어도
하나만 바라보는 것이다

다른 눈을 뜨는 것이다
-「해바라기 사랑」 전문

　해바라기는 해만 바라보다 눈이 멀었다는 이 시는 참 은유적 표현이 매우 깊이가 있다. 가을날 밭둑에 심은 해바라기들이 둥글고 커다란 햇님 같은 얼굴을 하고 가을 어느 날부터 해만 바라보더니 어느새 씨가 알알이 박혀 까맣게 익었다. 시인은 바로 이런 모습을 놓치지 않고 해만 바라보는 해바라기를 바라보다가 까맣게 눈이 멀었다라고 표현했다. 실제 우리 주변에서 서로 사랑하는 사람들을 볼 때 두 사람 중 한쪽을 보고 아이구 눈이 멀었구면 하고 말할 때가 있다. 그런 경우는 실제 한 사람에게는 그가 모든 것의 전부이기 때문에 그렇게 보인다고 말한다. 그래서 화자가 말하듯 눈이 멀어도 해만 본다라고 한 것으로 보아 그가 얼마나 그를 바라보는 눈이 계산하지 않고 순수한지를 보여주는 대목이다. 비록 내가 그를 사랑하면서 어떤 대가를 치르더라도 나는 포기하지 않고 그를 사랑하겠다는 단단한 결심이 나오는 대목이다. 그리고 이어서 다짐한다. "사랑은 하나만 바라보다가 눈이 머는 것이다/눈이 멀어도 하나만 바라보는 것이다." 흔히 눈먼 사랑이란 말을 한다. 모든 사람들이 부정적인 말을 해도 그 사람에게 꽂인 사람에게는 말려도 소용이 없다. 한 번 꽂힌 화살이 쉽게 뽑혀지겠는가. 눈이 멀어도 해만 바라본다 는 그 사람을 사랑하다가 어떤 불미스런 상황이 온다 해도 나는 결단코 그를 향하여 갈 것이라고 말한다. 그만큼 사랑에 깊이 빠져 있음을 말하고 있다. 이런 표현은 너무 크기 때문에 언어를 편재했다고 말한다. 이러한 은유적 표현은 창의적이고 빼어난 표현이라고 말할 수 있다.

5. 장소의 노래, 진정한 휴머니즘과 전통적 서정

마곡사 가는 길에서는

장사하는 할머니가 보살이다

산나물, 감자, 약초, 호두, 콩

공양물처럼 진열해 놓고

부처의 미소를 띠고 앉아 계신다

바람의 법어를 말씀하시는데

사람은 바쁘게 살아야 해 늙어서는

바쁜 것이 제일이야

듣는 사람의 귀가 밝아지고

마음은 부처가 된다

계곡에서 목욕 재개하는 천 개의 바위들도

할머니 보살의 법어를 들으며

깨달음을 얻은 표정이다

나도 오늘 법어를 들었기에

산을 올랐다가

마곡사는 들르지 않고

그냥 내려왔다

- 「마곡사 가는 길」 전문

춘 마곡 추 갑사라고 해서 계절의 변화에 따라 마곡사나 갑사를 비롯해서 찾는 국내의 주요 사찰은 찾는 사람들로 늘 붐빈다. 마곡사의 경우도 예외는 아니어서 봄날 주차장에서 차를 세우고 천천히 마곡사 절 마당까지 가는 길에 좌우엔 인근에서 오신 동네 아주머니 할머니 아니면 전문 장사꾼들이 벌려 놓은 것을 볼 수 있다. 어느 날은 하루 종일 앉아 오고 가는 사람들을 보며 공양물처럼 진열된 산나물, 감자, 약초, 호두, 콩 등을 바라보고 있다. 사람들을 보는 건지 공양물을 보는 건지 사든 안 사든 할머니의 표정은 편안하다. 서두를 것도 없고 보챌 것도 없다. 부처님이 중생을 바라보듯 할머니는 공양물처럼 놓인 물건들과 오가는 사람들을 바라본다. 그리고 마음속으로 염불을 외운다. 나무아미타불 관세음보살, 바람이 지나며 나뭇잎을 흔들고 계곡을 빠져나가며 소리를 낸다. 이때 나는 소리를 시인은 바람이 법어를 말씀하시는 것으로 알아듣는다. 바람의 소리 세상은 바쁘게 살아야 해 라는 소리는 자신을 스스로 위안으로 삼는 말이다. 시인은 계곡에서 천 개의 바윗돌이 보살의 법어를 듣는다. 목욕재계하며 그런데 그 표정들이 깨달음을 얻은 것 같이 보인다는 것이다. 시인의 대단한 관찰이다. 시인은 마곡사의 계곡에서 내리는 물소리 새소리 바람 소리가 모두 정화된 부처님 말씀으로 생각한다. 그러기에 마곡사 뒷산 김구 선생의 사색의 길을 지나 산길에서 수많은 법어들이 쏟아져 나오는 소리를 들었기에 그것이 곧 부처님 말씀이기에 나는 걸으면서 산을 보면서 나무와 풀과 꽃을 보면서 부처님 말씀, 스님의 염불 외우는 소리를 모두 들으며 걷는다, 시인은 그렇게 걷고 생각한 시간들이기에 굳이 다시 마곡사 법당을 들르지 않아도 된다는 것이다. 자연 속에서 충분히 들었고 지금도 듣고 있기 때문에 법당까지 찾아가서 다시 듣지 않아도 된다는 의미다. 마곡사계곡에서 들리는 소리는 법당 안 스님의 법어와 같다고 느껴지기 때문이다. 그렇다면 시인의 마음이 곧 부처요 부처의 마음이 시인의 마음이란 것일까. 분명한 것은 마곡사 경내를 걷다 보면 정말로 부처님과 또 마곡사를 지키는 스님과 부처님 말씀을 한 참이나 들은 것 같은 착각을 일

으킨다. 그것은 아마도 그만큼 사찰의 분위기가 부처님을 많이
닮아서일 것이다. 마곡사 경내를 걷는 시인의 마음이 경내의 분
위기를 닮아가는 것 같다.

가을 부소산은 잘 익은 수박이다
푸른 소나무는 수박 껍질이고
빨간 단풍나무는 수박의 속살이다

지나가는 사람
까만 씨앗 두 개

눈물의 편지는 떨어지고
사랑의 편지는 날아간다

백제의 바람 불어와
궁녀의 치마 나풀거린다

한 발짝에 눈물 한 방울
수박 찍어 먹는 산 새

이가 시리다

-「가을 부소산」 전문

부소산은 부여읍에 있는 작은 야산이지만 이 산속에는 엄청난
보물들이 숨겨져 있다. 우선 부소산을 끼고도는 천년 금강의 아
름다운 물줄기를 비롯한 백제의 역사와 문화가 깔려 있는 산길

바위, 나무, 숲 그리고 바람 소리 그 유명한 고란사와 낙화암 성충을 비롯한 삼충사, 백제시대 군창터, 궁녀들의 한 맺힌 절규, 백성들의 피맺힌 한의 음성 등이 부소산을 걸을 때마다 만난다. 시인은 부소산을 걸으며 가을을 만난다. 그 가을 속에서 백제의 눈물과 역사를 음미한다. 시인은 부소산을 걸으며 가을 부소산은 잘 익은 수박이다. 라고 했다 이런 은유적 표현은 시인의 상상력에 의한다. 여기서 시인은 부소산은 수박, 푸른 소나무는 수박 껍질, 빨간 단풍나무는 수박의 속살 이란 은유를 통하여 부소산 전체를 커다란 수박으로 표현한다. 이런 은유적 표현은 창의적으로 전제 작품을 효과적으로 나타내는 데 기능적으로 기여하고 있음을 알 수 있다. 이런 서정시의 성취는 가을 부소산의 첫 연에서 벌써 이루어지고 있다. '눈물의 편지는 떨어지고/사랑의 편지는 날아간다'라고 한 곳에서 뭘 의미했을까 생각해 본다. 시인은 그다음 연에서 이 내용을 추론하게 만든다. '백제의 바람 불어와/궁녀의 치마 나풀거린다'에서 천 년 전의 부소산으로 가 본다. 당시 백제는 소정방에 의해 함락되면서 수많은 사람들이 죽고 피신을 하게 된다. 그 가운데 수많은 궁녀들도 이 부소산의 벼랑 끝에 몰리게 되었다. 이들은 당시 소정방 군대에 짓밟히는 것보다는 백마강에 빠져 죽는 낫다고 판단하여 수많은 백성들과 궁녀들이 일제히 몸을 날려 투신한다. 이때 꽃 같은 궁녀들의 치맛자락이 바람에 흔들리면서 백제의 슬픈 눈물이 보인다 '한 발짝에 눈물 한 방울/수박 찍어 먹는 산새' 여기서 한 발짝에 눈물 한 방울의 의미는 부소산 곳곳에 남아 있는 백제 사람들의 한 석인 절규를 의미한다. 당시 많은 사람들이 부소산으로 피신 왔을 거고 그 피신의 끝은 절벽에서 또는 낙화암에서 투신한 것이고 아니면 부소산 곳곳에서 피 흘리고 쓰러져 갔을 것이다. 그런 슬픈 역사를 지닌 부소산은 늘 아플 수밖에 없고 아픈 부소산의 곳 곳에 백제의 눈물이 떨어져 있으니 한 발짝 걸을 때마다 그 눈물의 의미를 되새겨 보게 되는 것이다. 마지막 이가 시리다. 라고 하는 것은 아직도 부소산 곳곳에 남아 있는 백제의 아픈 이야기로 하여 당시의 백제 사람들의 아픔을 생각하면 스치는 바람에도 이가 시리다는 시인의 마음이 부소산의 곳곳에 남아 있음을 의미한다. 따라서 이 시는 부소산에 남아 있는 백제의 역사성과 서정성을 나타내는데 우뚝 숏은 나무들에게 나부끼는 나뭇잎에 고란사 약수터에 흐르는 강물에 군창터에 부소산을 걷는 곳곳에 남아 있는 아픔을 승화시킨 것이라는 생각이 된다.

봄은 눈물이다
밟혀 죽는 새싹, 부딪혀 죽는 짐승, 부러지는 어린나무
피는 듯 지는 꽃잎
방울방울 눈물이다

청보리 바다의 푸른 물결은 눈물이다.
온몸이 흔들리는 아픔을 딛고
앞으로 앞으로 나아 간다
바람의 폭력을 무사히 견딘다면
진주보다 귀한
눈물방울이 깃발처럼 매달리리라

앞산 마을 뒷산 마을
나무들이 입고 나온 새 옷은 푸른 눈물이다
천사의 눈물로 지은 웨딩드레스

눈부셔서 눈물이 난다

봄은 차가운 눈물로 와서 뜨거운 눈물로 간다
-「봄은 눈물이다」 전문

　최 시인의 「봄은 눈물이다」라고 한 시는 서정적 분위기를 한 층 더 높이는 느낌이다. 시 낭송가들이 이 시를 선택해서 읽는다면 음성의 강약에 따라 많은 울림을 전해줄 것 같다. 시는 울림이다. 울림을 통해 감성을 건드리고 그 감성이 작용해서 감동을 준다. 감동을 줌으로써 시의 맛을 느끼게 하는 것이다. 시를 읽었는데 그냥 심심하다면 어떨까. 우린 그래서 감동을 주는 시에 주목하게 되는 것이다. 봄은 눈물이란 은유는 마음을 설레게 한다. 봄이 갖고 오는 찬란함, 신선함, 화려함 등이 화자의 가슴을 요동치게 하고 요동친 가슴이 한 편의 시를 생산하게 되고 이를 읽은 독자가 같이 마음이 통해서 행복한 시 세계를 여행하게 되는 것이다.

　최 시인을 눈물 나게 하는 봄의 정취는 많이 있다. '청보리 바다의 푸른 물결. 앞산 뒷산 나무들이 입고 나온 새 옷' 이들은 눈물이고 푸른 웨딩드레스이다. 그 푸른 웨딩드레스가 너무 눈부셔서 눈물 난다. 이토록 눈물 나게 하는 것은 모두 아름다운 것, 새로운 것, 깨끗하고 신선한 것들 때 묻지 않은 봄의 정서이다. 그건 최 시인뿐만이 아닌 이런 시를 읽는 대부분의 사람들도 그럴 것이다. 그런 아름답고 신선한 봄의 미미지다. 화자의 봄은 눈물겹다라 라고 하며 시를 더 아름답게 만든다. 우리는 식물이나 동물 중 나뭇가지 끝에서 새롭게 움터 오르는 모습이 너무 예쁘고 아름다워서 눈물겹다. 라고도 한다. 여기서 푸른 물결은 눈

169

물이다. 이러한 은유적 표현으로 시에 접근하면 시를 한 단계 업그레이드 시키는 느낌이 든다. 시인의 시적 표현 중 '피는 듯 지는 꽃잎/방울방울 눈물이다' 이런 표현 또한 아주 신선하다. 봄날에 가지 끝에 꽃몽오리 진 모습을 보면 너무나 아름다운 나머지 슬퍼 보일 때가 있다. 그 혹독한 겨울을 용케 견뎌내고 따스한 봄 햇살에 속살을 내보이는 순간 그 꽃은 아름다움의 절정을 이룬다. 그러나 수많은 가지 끝에 매달린 꽃몽우리 중 하나는 무슨 이유에서인지 그 고운 꽃잎을 펼치다 말고 떨어지는 것을 발견할 수 있다. 이때의 그 모습을 시인은 놓치지 않고 '피는 듯 지는 꽃잎/방울방울 눈물'이라고 한 것이다. 지는 꽃잎은 눈물 이런 비유는 아주 신선하기에 살아 있는 은유라고 한다. 같은 은유라도 죽어 있는 은유가 있는데 죽은 은유는 보통 사람들이 식상하게 많이 쓰는 것을 나도 갖다 한 번 써먹는 방법이다. 이런 죽은 은유는 대신에 사람을 감동시키지 못한다. 이는 표현이 너무 식상하기 때문이다. 따라서 시인은 시어를 활용함에 있어 매우 신중해야 한다고 말한다. 더 한 걸음 나아가서 푸른 물결은 눈물, 눈물방울이 깃발처럼 나부낀다. 이런 직유법 또한 신선하다. 일반적으로 청보리밭에 바람이 불어 이리 눕혔다 저리 눕혔다 하며 바닷물처럼 출렁거림을 보고 시인은 그 모습이 너무 아름다워 눈물이라고 했다. 이때 바람에 휩쓸리는 청보리의 물결 같은 모습을 하며 의연하게 앞으로 나아갔을 때 너무 아름다워 흘린 눈물도 청보리 잎에 함께 깃발처럼 매달려 있을 것이다. 라고 한다. 눈물방울이 깃발처럼 나부끼는 청보리밭 상상만 해도 아름다운 정경이다. 시인은 또 나무들이 새 옷을 입고 나온 것 또한 푸른 눈물이어서 이것으로 웨딩드레스를 만들고 그 웨딩드레스 또한 너무 아름다워 눈물 난다. 라고 했다. 아름다워 눈물이

나와 그 눈물로 웨딩드레스를 만들었는데 그 또한 너무 아름다
워 눈물을 흘리니 시인은 눈물쟁이다. 그만큼 봄은 한마디로 눈
물 나게 아름답다는 것을 시인은 봄에 이루어지는 현상의 모든
것에서 눈물로 연결한다. 눈물이야말로 가장 아름다운 것이기에
봄을 대신할 수 있을 정도로 가장 순수하고 아름다운 결정체이
기 때문에 그런 것이 아닐까

비 오는 날 밤은 우산이 피아노가 된다
장엄한 우주의 음악
천사의 손맛

우주에서 빗소리를 들을 수 있는 곳이
천국이다

태양이 가장 심혈을 기울여
만든 물방울 진주
신께서 가장 사랑하는 곳에
뿌리는 생명수
풀잎의 주름살을 펴게 하고
나무의 척추를 세우는 우주의 링거액
빗소리가 들리는 곳에
내가 있다는 것
그것이 기적이다

-「천국은 빗소리로 온다」 전문

위의 시는 비 오는 날 듣는 빗소리에 관한 시다. 듣는 분위기

에 따라 피아노가 되고 리듬을 타는 곡이 되기도 한다. 지붕이 양철로 되었을 경우는 더욱 실감이 난다. 시인은 지붕 위에 떨어지는 소리를 장엄한 우주의 음악이라고 했다. 필자가 지금 살고 있는 집 한쪽 지붕이 양철로 되어 있다. 그래서인지 양철 지붕 위에 떨어지는 빗소리를 들으면 어느 땐 정말 음악처럼 들린다. 그런가 하면 호박잎에 떨어지는 빗소리 또한 우두두두 하며 리듬감을 가져온다. 우주에서 빗소리를 들을 수 있는 곳은 천국이다. 왜 그럴까 그것은 빗방울 소리가 음악 같을 수 있고 나에게 주는 속삭임일 수도 있다. 또한 나를 사랑해 주는 사랑의 말일 수도 있다. 화자는 빗방울을 태양이 가장 심혈을 기울여 만든 진주라고 했다. 이런 은유적 표현은 시의 맛을 더욱 실감 나게 한다. 그것은 우주에서 지상에 떨어지는 순간 장소와 시간에 따라 진주처럼 아니면 이슬처럼 아니면 구슬처럼 변할 수도 있기 때문이다. 연잎 위에 떨어지는 순간 작고 하얀 구슬이 또르르르 구르는 모습, 아파트나 높은 건물의 유리창에 부딪히며 주르르르 흐르는 빗방울의 모습, 이런 모습들을 보고 시인은 물방울 진주라고 표현했다. 또한 '풀잎의 주름살을 펴게 하고/나무의 척추를 세우는 우주의 링거액'에서 그 무더운 여름날 뜨거운 햇볕에 못 견디며 늘어진 풀잎 위에 스콜처럼 쏟아진 소나기가 지나간 뒤 풀잎은 언제 그랬느냐는 듯 싱그럽게 펴져 있다. 그러니 당연히 주름살처럼 늘어졌던 풀잎이 싱그럽게 일어서는 모습을 보는 게 참 신기하지 않을 수 없다. 또 하나 소나기를 맞은 나무는 그 무더위에 가지마다 수액이 부족하여 늘어졌던 잎들이 언제 그랬냐는 듯 링거를 맞은 것처럼 금방 초록빛을 띠고 늘어진 가지들이 꼿꼿하게 서서 모두 함께 싱그러움을 자랑한다. 이렇듯 빗방울을 동반한 빗소리가 주변을 젊고 건강하게 만드는 마술적인 힘이 있으니 기적이 아닐 수 없다. 시詩를 읽고 감상하려면 시의 원천적인 특성을 이해해야 한다. 시에서 말하는 것들을 자세히 보면 다음 몇 가지를 뛰어넘어야 한다. 하나는 아주 비과학적이라는 것이다. 두 번째는 비현실적이고 세 번째는 비논리적이라는 것이다. 시의 내용에 따라 현실성을 논하면 그건 아주 어려운 일이 된다. 따라서 우린 시詩를 읽고 이해함에 있어 그 시가 갖고 있는 비현실적인 것들에 대해 충분히 설득당해야 좋은 시로 거듭날 것이다.

최 시인의 시는 전반적으로 한국특유의 서정성을 바탕으로 아름답게 씌여지고 있다. 또한 사람 사는 냄새가 짙고 자연은 물론 인간을 중요시하는 휴머니즘이 짙게 갈려 있다. 결국 인간은 시詩라는 문학작품을 통해서 서로를 사랑하고 포용하고 잘 위로해 줄 때 보다 더 아름답고 따뜻한 사회가 될 것이라는데 의심치 않는다, 당시唐詩의 냄새도 풍기고 진정한 휴머니즘과 한국의 전통적 서정성을 겸비한 최 시인은 시詩를 통하여 진정한 보물찾기를 하고 있다. 따라서 최 시인의 시 세계가 한층 더 높고 깊고 넓게 퍼져 울리기를 기도한다.

장소의 노래

최규학 시집